CW00485243

FSC
www.fsc.org

Franziska König

Links die Freuden, rechts die Verdrüsse

Juli 2014

Ein Journal

Juli 2014

Meiner lieben Mutter

TWENTYSIX – Der Self-Publishing-Verlag
Eine Kooperation zwischen der Verlagsgruppe Random House und BoD – Books on Demand

Titelblatt: Gemälde von Wolfram König
Zuschnitt: Andreas Rothfuß, Blankenfelde
Herstellung und Verlag: BoD –Books on Demand Nordersted
ISBN: 9783740763251

Familie Rothfuß-König an Heiligabend 1963
(Auch Ming ist bereits dabei – doch dies weiß zu diesem Zeitpunkt noch niemand)

Von links nach rechts:
Rehlein mit der 1-jährigen Franziska auf dem Schoß.
Untere Reihe: Tante Antje und der Opa (auf deren Knien die Zwillinge Heiner und Friedel verteilt sind) daneben Onkel Rainer, der erklärend den Zeigefinger ausgefahren hat.
Obere Reihe: Der junge Buz neben der Degerlocher Oma, Tante Bea, Onkel Dölein, Omi Mobbl, und der damals erst 14-jährige Onkel Andi.

Die wichtigsten Vorkömmlinge
(engsten Verwandten) vorweg:

Rehlein: Mutter
Buz (der Wolf): Vater
Ming: Bruder
Julchen: Schwägerin
Yara (Pröppilein): Die kleine Nichte,
geb. im Dez. 2012

Den Rest findet man am Schluß des Buches im Personenverzeichnis

Orte der Handlung:
Ofenbach: Kleines Dorf in Niederösterreich
Aurich: Hauptstadt von Ostfriesland

Zum Hintergrund der Geschehnisse empfiehlt sich
ein Blick auf diesen Link:
Einfach nur - **familie könig vs werner bonhoff** –
in die Suchmaschine eingeben

Juli 2014

Dienstag, 1. Juli
Ofenbach

Vorwiegend regenfeucht.
Über die Mittagsstunden bewölkt

Als frisch herbeigereister Gast nächtigte ich in Mings verwaistem Bettgehäuse unter dem schrägen Dachfenster im Dachgebälk.
Was hätt´ ich wohl gedacht, wenn ich nach der gestrigen langen Reise wie gewohnt in meinem Bett in Grebenstein aufgewacht wäre?
Dort, wo mich allmorgendlich die Sonne wachküsst?

Ich erhob mich in einen neuen Monat meines Lebens hinein.
Ein nach frischer Bügelwäsche duftender Leinensack wird symbolisch aufgefaltet, trägt die Aufschrift „Juli 2014“ und lädt dazu ein, ihn mit allerlei zu befüllen.
Wie oft habe ich mir schon vorgenommen, mir ein kleines Vokabelheftchen zuzulegen, links die Freuden und rechts die Verdrüsse einzutragen, und am Ende des Monats Bilanz zu ziehen, ob sich hinter den Verdrüssen wohl ein verborgener Sinn verborgen gehalten hatte?
Das süßeste Rehlein stürmte das Dachgebälk just in jenem Moment, als ich teilentblößt meinen Wunderbra umgurtete.
„Huch!“ (rief ich verschämt.)

Buz schliefe noch, so hieß es, doch als ich die Haarbürste aus dem Auto holte, um meinen nach der gestrigen Schur verbliebenen Frisurenrest zu bändigen, hörte man ihn leise aufrumpeln.
Dem Maladen ging es wieder gut.

Rehlein und ich fuhren nach Wiener Neustadt zum Kardiologen Dr. Gröber, der im Ärztehaus residiert. Doch eigentlich handelt es sich dabei gar nicht um ein reines Ärztehaus. Im Erdgeschoß beispielsweise befindet sich ein ganz ungemütliches und hinzu um diese Uhrzeit gänzlich unbesuchtes Bierbaisl, und im 4. Stock wiederum eine Rechtsabteilung mit der verwunderlichen Spezialabteilung „Exekutiv-Recht". Dies bemerkten wir allerdings bloß aus jenem Grunde, weil wir im Lift kurz den Lebensweg einer Dame aus Afrika begleiten durften, und somit an falscher Stelle ausstiegen, da wir uns offenbar zu sehr an die geheimnisvolle Unbekannte drangeheftet hatten.
Im obersten Stockwerk befand sich ein ziemlich großer Trakt mit einem langen Tresen, vor dem ein reges Treiben wie auf dem Flughafen herrschte.
Ein Wimmelbild, wie der Wimmelbildfreund mit geübtem Blicke sieht.
Über dem Tresen liest man in großen Lettern „Diagnosestellung", und ich stellte mir vor, daß man dort vorsprechen müsse, um sein vom obersten Gericht gefälltes Todesurteil entgegenzunehmen,

während im Stockwerk darunter die irdischen Gerichte walten und den Nachlass regeln.
Hinter dem Tresen agierte eine hagere blonde Tresendame, scharmgeschult, und doch fühlte sich Rehlein lampenfiebrig an, da sich ihr AOK-Kärtle beim hektischen Versuch hervorgekrümelt zu werden aufs Hartnäckigste in der Plastikumhüllung hielt, während die Schlange hinter ihr bedrohlich anzuschwellen, und hinzu kurz davor zu stehen schien, loszurandalieren. „Wird´s bald da vurrrn??!"
Ein Herr in Horchweite telefonierte laut mit seinem Händi.
„Schatz!" sagte er gar.
Es klang österreichisch gewellt und hinzu leicht schmatzend und zischend: „Schoatz" (so ungefähr) bzw. so, als sei das Wörtchen in billigstem niederösterreichischem Bratenfett gebraten worden.
Rehlein wurde zu einer kleinen Wartespanne unbestimmter Länge verdonnert, und ich selber kehrte diesem Wimmeltreiben bald den Rücken und fuhr wieder hinab.
Diesmal teilte ich den Lift mit einem jungen afrikanischen Ehepaar.
Der Herr sprach in einer seltsam klappernd klingenden Sprache lauter ernste Dinge auf seine Frau ein, und bloß weil es Mohren waren, hielt ich bei der Ankunft im Erdgeschoß die Tür eine Spur länger auf als nötig, um meine Mohrenfreundlichkeit, die jedoch unbemerkt blieb, unnötig zu betonen.

Vor dem Gebäude stand ein kleines Auto, und drinnen saß ein zusammengesunkenes, gedörrtes kleines Männlein, *und wartete auf seine Frau, die oben ihr Todesurteil entgegennahm.*
„Wir sprechen hier nicht mehr von Jahren, sondern von Monaten!“ sagt der Ordinarius und färbt seine Stimme ganz bekümmert ein.
An einer Fensterscheibe entdeckte ich ein Plakat, das davon kündete, daß Walter Kohl am 11. Juli einen Weisheitsvortrag in Wiener Neustadt abzuhalten gedenkt. Eintritt 20 €.
Mit diesem frischen Wissen behaftet, fuhr ich wieder in die Höh, und kaum war ich oben, da unterrichtete mich die Sprechstundenhilfe darüber, daß Rehlein „wieder zu haben“ sei. Die Patientin wurde freigegeben für den allgemeinen Gebrauch.
Mit Rehleins Herz sei alles in Ordnung, und man hätte sich die ganze Aufregung und überhaupt die ganze Hinfahrt doch lieber sparen sollen, und getragen auf dem Humus dieser Frohbotschaft durfte ich mir eine kleine Witzelei darüber erlauben, wie es wohl durchaus auch hätte anders kommen können: „Wir sprechen hier nicht mehr von Monaten, sondern von Wochen!“
Worte, die der Experte über den kranken Frank in Ratzeburg ausgebreitet hatte, und die sich mir offenbar ins Hirn verzwickt haben, auch wenn ich die ja nur durchs Hörensagen erfahren, und keinesfalls eigenohrig gehört habe.

Daheim begoogelte Rehlein den „Freundeskreis der Gezeitenkonzerte e.V." um uns drei dümmliche Huckedohlen zu zeigen, die mit angestrengtem künstlichem Lächeln im Gesicht für das Gruppenfoto posierten.

Mittwoch, 2. Juli
Ofenbach

Zunächst matt-sonnig. Dann wurde es grau,
und abends regnete es ein wenig

Vorwissen für den Tag:

Wir bewegten uns unserem großen Musikfestival „Musikalischer Sommer in Ostfriesland" entgegen.
(Kurz: „Musio", und nicht „Muso", wie den dummen Journalisten offenbar einfach nicht in den Kopf will?)
Höhepunkt sollte das Eröffnungskonzert mit der weltberühmten japanischen Violinvirtuosin „Midori" werden.

15. Todestag von Omi-Mobbl: (1910 – 1999)
Am Vormittag des 2.7.1999 kam der Gevatter Tod zu Besuch in die Ofenbacher Stuben und nahm die Omi Mobbl mit.

Ratlos blieben wir Kinder mit dem Opa zurück.

Wir setzten uns zum Frühstück nieder.
Rehlein wütete gegen den verstorbenen Klavierprofessor Prof. Karlheinz Kämmerling, da Rehlein den Kämmerling und seine Lehren, die man zum großen Teil getrost als schwachsinnig bezeichnen darf, auf dem Kieker hat, und ihn nach Mobbl-Art sehr gerne dort belassen würde.
Versuchte jemand, sich als Anwalt für den verstorbenen Professor aufzuspielen, und ihn von Rehleins Kieker hinabzuzupfen, um ihn in ein glanzvolleres Licht zu setzen, so bisse er bei Rehlein auf Granit.
Er sei grün vor Neid gewesen! erschäumte sich Rehlein plastisch, so daß ER unter seiner grauen Helmfrisur mit ergrüntem Gesicht in meinem Inneren aufschien.
Und während ich Rehleins Schmähgesängen interessiert lauschte, fiel mir der bevorstehende Vortrag von Walter Kohl wieder ein. Dieser habe sich, so erzählte ich den Erwachsenen begeistert, zu so etwas wie einem modernen Heiligen gemausert. Seinen Vortrag am 11.7. würde ich sehr gerne mit meinen Eltern besuchen, doch Rehlein hofft, ich könne den bis dahin vergessen haben, dieweil sie keine Lust verspürt, für dererlei 60 € auszugeben.
Ich aber knüpfte an Rehleins vorangegangene Worte an: Die Neidischen seien nicht zu beneiden, wußte ich, und zeichnete ein bemitleidenswertes Bild eines von Neid und Eifersucht geplagten Menschen.

Gern hätte ich den Kriminalfall „Christine Schürrer“ als Beispiel genommen, - einer liebeskranken Dame aus Hannover, die versucht hat, die Familie ihres Geliebten auszulöschen, da sie ihn ganz für sich allein beanspruchte – doch jetzt war Buz in seinem spinatgrünen Pyjama aufgetaucht. Das eine Hosenbein bis unter´s Knie hinaufgezogen, und das entblößte, aus einem geschmackvollen Pantoffel heraus in die Höhe ragende Unterbein wirkte unerhört lang und dünn.

Buz beharrte aufdringlich darauf, daß ich die Fernsehgymnastik mitmache. Er schlug vor, daß ich sie *einen* Monat lang betreibe, um für den „Musikalischen Sommer“ fit und erschlankt zu sein – und so machte ich, wenn auch leider auf unbegabte Weise, ein paar Hopser mit.
Und mitten in diese unbegabten Hopser hinein klingelte das Telefon. Ming war´s, und Ming hatte leider eine Hiobsbotschaft für uns:
Die Midori sei schwanger!
Buz sprach sehr lange mit Ming, während wir Damen nach dem ersten Hände-über-dem-Kopf-zusammenschlagen bereits Pläne schmiedeten:
Daß *wir* nämlich mit demselben Programm brillieren. Rehlein war einerseits Feuer und Flamme – andererseits auch wie ein Flitzebogen gespannt und bereit, bis zum Äußersten zu kämpfen, falls Buz wieder Gegenworte macht, zumal kurz im Raume

gestanden war, daß anstelle der Midori der Pianist Martin Stadtfeld starte.
Nach dem Telefonat war Buz ziemlich ratlos, doch nun bestürmten wir ihn mit unseren Ideen, die immer buntere Blüten trieben. Ich hatte mir bereits die Noten von der Strauß-Sonate aus Buzens Notenstapel gegriffen und eifrig darin herumgeblättert, - bereit Sonderschichten einzulegen, um noch einmal einen echten Klimmzug auf der Violine zu wagen, und für ein glorioses Eröffnungskonzert zu sorgen.
Wenig später telefonierte ich mit Ming, und Ming argumentierte herum. Er erzählte, daß er so wahnwitzig eingespannt sei und keine Zeit habe, das alles zu lernen.
Mit Ming am Ohre lief ich durch den blühenden Garten. Wir einigten uns darauf, vielleicht die Kreutzer-Sonate aufs Programm zu setzen, und bald übte ich oben intensiver denn je:
Beginnend mit dem 1. Satz des Schulhoff-Duos für Violine und Cello.

Mittags brach Buz wie alle Tage zu einem kleinen Spaziergang auf.
Rehlein in der Küche arbeitete an kleinen Puppenstuben-Galettes, die sie hernach mit feinster Gemüsesuppe aufgoss.
Bei jedem noch so geringen Windhauch glaubte und hoffte Rehlein, es sei Heimkömmling Buz.
Doch Buz war noch im Walde unterwegs.

Rehleins besorgte Gedanken besengten bald auch mich, und nach weiteren, endlos scheinenden Minuten, begann auch ich zu befürchten, er sei von einem Jäger aus Kurpfalz erschossen worden.
Statt die buzes- und televisorenfreie Zeit zu genießen, wundert man sich immer nur über seinen Verbleib. Man wundert sich so lang, bis Buz wieder da ist.
Jeden Tag das gleiche Lied!

In einer prägewitterlichen Stimmung joggte ich durch den Wald.
Ich dachte an die Midori: Daß es schön sei, daß sie jetzt doch noch Mutter wird, denn sonst würde sie im Alter ja wohl sehr einsam.
Doch ich dachte auch etwas anderes:
Ein listiger Mensch aus dem „Freundeskreis der Gezeitenkonzerte e.V." gab sich Ming am Telefon als Midoris Manager aus und behauptete, sie sei schwanger. Kurz darauf rief er in Midoris Agentur an um zu verkünden, daß das Konzert in Ostfriesland leider abgesagt werden müsse.
Und wir fallen auf so einen plumpen Schwindel herein!

Abends ging´s bei uns leider nicht mehr so interessant her. Die Frösche quakten laut, und Buz im Musikzimmer quasselte dazu sehr lang mit dem Akio. Er plauderte Dampf.
„Laß uns noch ein wenig Dampf plaudern!"
(Schöner Schlagertitel)

Donnerstag, 3. Juli
Ofenbach

Freundlich, sonnig und warm

Die erste Nacht in der man wußte, daß die Midori schwanger und unser Eröffnungskonzert in Gefahr ist.
Im frühen Morgengrauen wachte ich daran auf, daß mir leicht kodderig zumute war. Ganz leicht nur – auf einer Skala von 1-10 nur auf „1“, und doch weht einen jenes Gefühl an, daß man auf dem Friedhof wohl besser aufgehoben wäre?
Dann träumte ich wieder ein häufiges Traummotiv: So, wie im wahren Leben irgendwann die Steuererklärung in Angriff genommen werden sollte, so ist´s in meinem Traume oftmals so, daß jetzt *unaufschiebbar und dringlichst die Nebenfachprüfungen absolviert werden müssen.*
Und da es sich je bereits um die Wiederholungs- sprich die Gnadenprüfungen handelte, war man nun wirklich gezwungen sich zusammenzureißen: Bis allerspätestens zum ersten Oktober mußte ich in all den hochkomplizierten Fächern wie Formenanalyse, Rhythmik, Tonsatz, Kontrapunkt, Klavier, Orchestrierung, Musikgeschichte und Instrumentenkunde die Prüfung abgelegt haben, und hinzu eine Hausarbeit abliefern. Fieberhaft tüftelte ich an einem gescheiten Stundenplan herum. Und so, wie der Verarmte vielleicht ein Börsl zückt, in dem lediglich ein paar Kupfermünzen aufschimmern, öffnete ich

mein Zeitbörsl zwecks gescheitem Disponieren – und nun quollen mir unendlich viele Notenblätter und Papiere, auf denen weltfremde Pläne skizziert worden waren, entgegen. Vor meinen Füßen türmte sich ein Stapel in die Höh´, der immer weiter anwuchs, und ich kannte das Zauberwörtchen, das dem Einhalt gebieten sollte, leider nicht.

Gestern abend hatte ich Rehlein per E-Mail eine Aufforderung geschickt, mich in der Frühe bitte aufzuwecken, da ich mich ja morgens immer sehr auf Rehlein freue, und aus diesem wertvollen Miteinander Kraft für den ganzen Tag zu schöpfen pflege.
Rehlein war dem Aufruf eifrigst gefolgt, und blickte nun auf mich als Träumende herab.
Mein eines Auge blieb ganz geschlossen, und das geöffnete musterte Rehlein.
Neben meinem Bette stehend, erzählte Rehlein einen interessanten Traum:
Sie mußte Gezeitenkonzertkarten verkaufen, doch der Vorverkauf zog sich schleppend dahin, und der Landschaftsmitarbeiter Dirk plumpte sie auf seine torfigscharmfreie Art an:
„Ihr bringt ja gar nichts zustande, ej…“ dies sprach Rehlein auf eine Art aus, als parodiere man einen mit glänzenden Eiterpickeln übersäten und nach saurem Schweiße müffelnden Jugendlichen, - den döööfsten und renitentesten, den man sich überhaupt nur verstellen kann.

Der Traum war natürlich viel reichhaltiger, doch tippte man ihn nieder, so würde dies Büchlein aus allen Nähten platzen.
„Es würde „den Rahmen sprengen!““ wie ein pragmatischer Mensch wohl sagen würde.
Es hieß, Buz habe in der Nacht schrecklich gehustet, und Rehlein am Schlafen behindert.

Im Radio lief das Streichquintett von Bruckner, und der Moderator geizte derart mit den Sekündchen, daß es kaum zu fassen war:
Unmittelbar an sein letztes Wort wurde der erste Ton geschmiegt, und umgekehrt an den letzten Ton sein nächstes erstes Wort. Es folgten ein paar blumige, vorab festgelegte Worte, die liebenswert und natürlich klingen sollten, mir jedoch geziert und unecht ins Ohr stiegen.
Fassungslos schaute ich auf Buzens Teller, in welchem Buz sein Schokomüsli immer nur hin und herwendete. Ich wartete fast sehnsuchtsvoll darauf, daß er endlich einmal einen Bissen zum Munde führe – aber nein!
Hierzu mußte ich natürlich schon wieder an den Frank in Ratzeburg denken, der vor Ausbruch der Krankheit auch immer bloß lustlos in den Speisen herumgestochert habe.
Nach einer Weile retirierte sich Buz, um ein bißchen Geige zu spielen, und spielte herzallerliebst sein schönes Schubert-Duo.

Rehlein schaltete den Televisor ein, wo heut über den Klagenfurter Ingeborg-Bachmann-Wettbewerb berichtet wurde:
Der milde, geradezu als „souft" zu bezeichnende Roman M. aus Österreich machte den Anfang, doch bevor er loslas, lief ein kleines Filmchen über ihn, der sich z.T. in dichtem Tabakdunst präsentierte. Etwas, was er sich von den großen Schriftstellern vergangener Zeiten abgeschaut haben mag.
Regen tropfte auf die Windschutzscheibe seines Autos, und dann schaute man durch den Rückspiegel und sah ihn seitenverkehrt in nachdenklicher Pose.
Es handelte sich nur um einen ganz kurzen Film, 1 – 2 Minuten lang, der kaum etwas über den Dichter verriet, so jedoch Appetit auf einen bis dahin unbekannten Menschen machen sollte.
Alsbald wurde er mit zurückhaltendem, so jedoch freundlichem Applaus begrüßt, und nahm im Leseböxle Platz: Das Haupt mit winzig kleinen Locken übersät, wie eine griechische Statue. Er las über eine alte Frau und einen sterbenden Mann.
Leider muß man gestehen, daß wir dem äußerst mild vorgetragenen Textgewebe kaum ein Ohr liehen, da die eigenen Gedanken einen immer vom Geschehen hinfortzuziehen scheinen, so daß man sich hernach auch kein Urteil erlauben darf.
Wie die Juroren das bloß anstellen, ihr Ohr immer draufgeheftet zu halten?

Den Diskussionen der Juroren zu lauschen, machte wiederum Spaß.
Ein Schweizer Juror meinte, er sei froh zu erfahren, wie die Frauen so sind!
Doch ob dies nett, oder eher hohnvoll gemeint war?

Als ich mich auf den Weg ins Dachgebälk begab, war plötzlich wieder etwas Leben in den alt und lethargisch gewordenen Buz gestiegen. Aus dem Toilettenfenster heraus begann er mich über die Violintechnik anzureferieren, und sprach über die Finger, die man in die Länge strecken, und das Handgelenk, das hierzu unausgebuckelt bleiben möge.
Ich schaute durch die großen Karo-Verstrebungen und das Fliegengitternetz auf Buzen drauf, dessen schönes Gesicht sich wie in einem Beichtstuhl aus dem Halbdunkel heraus schälte. Buz strahlte, so daß sein Goldzahn aufblitzte, und befand sich beim Thema Violintechnik ganz und gar in seinem Element.
Hernach wünschte er sich, daß ich ihm das Gelernte auf meiner Violine vorführe.
Buz versuchte mich und meine Violine auf die Terrasse herab zu locken, da das Wetter so schön sei.
Ich jedoch wurde niedergeschlagen und traurig beim Gedanken, Buz wäre mittlerweile zu alt, um die Treppen in die Höhe nochmals zu bezwingen?
So wie der Ü50er sich vielleicht nicht mehr so gerne bückt, so beginnt der Ü70er so allmählich, sich vor

den im Alltag oft unerlässlichen Treppenbezwingungen zu ducken?
Dann aber schaffte Buz es ja doch nochmals, die Speichertreppe zu erklimmen.

Pfarrer Markus Wenzel aus Mecklenburg-Vorpommern frug an, ob ich für 70 € die Musikalische Untermalung bei einem Dreigänge-Menü auf mich nehmen würde? – Allerdings lieber mit Klavierbegleitung.
Später schrieb er direkt despektierlich, daß man mit Violine Solo wohl nur die Liebhaber hinter dem Ofen hervorlocken könne – weder er, noch Mitglieder seiner Kirchengemeinde würden sich dafür auf den Weg machen.
„An dieser Musik besteht unsererseits kein Interesse!“ schrieb er, und versetzte dem Satz zum Zwecke der Nachdrücklichkeit auch noch ein Ausrufezeichen.
Ich dachte ein bißchen darüber nach, was man ihm wohl antworten könne?
Worte dieser Art hört man normalerweise nur von unreifen Jugendlichen oder dümmlichen alten Weibern – eigentlich sind sie den Lippen eines Geistlichen unwürdig, und berühren mich peinlich.
Und diesen Brief schickt man dann auch noch an seinen Brotherrn, die Landeskirche und das Land Mecklenburg-Vorpommern.

Mittags hatte Rehlein feinstes Gemüse in den schönsten Farben gekocht: Grün, gelb, orange, und hinzu gab´s Grütze.
Buz hatte das Büchlein mit dem Titel „Violintechnik“ herbeigeholt:
Interviews mit Violinisten, bestehend allerdings leider aus anstrengenden Fragen und ebenso anstrengenden Beantwortungen, die im Grunde weder für den Befragten noch für den Lesenden von erhöhtem Interesse sein dürften.
Da dachte ich wieder an Pfarrer Markus Wenzel:
Mit diesen Fragen kann man wohl nur irgendwelche Fachidioten hinter dem Ofen hervorlocken. Nein, an Fragen dieser Art besteht unsererseits kein Interesse.
Rehlein war verschwunden.
Etwas, was man jedoch erst bemerkte, als die Verschwindung Wurzeln geschlagen hatte, indem nämlich auch ihre Aura verloschen war?
Man wartete, da Rehlein eine ratlos stimmende und lähmende leere Luftblase hinterlassen hatte, doch diese Luftblase wurde nicht mehr aufgefüllt.
Ich spülte das Geschirr, und später fand ich Rehlein mit einem guten Buch auf der Liege im Garten vor.
Das Deak´sche Haus mit seinen Fenstern und der etwas lachhaften Ponyfrisur schaute mit der Ausstrahlung eines nur mäßig intelligenten Menschen auf Rehlein drauf.

Beim Joggen dachte ich wieder über Midoris Schwangerschaft nach:

Heut vielleicht ein Ärgernis, das sich jedoch über die Jahre hinweg womöglich in einen Segen verwandelt, wenn dereinst das 51-jährige Pröppilein im Frühjahr 2064 den 80. Musikalischen Sommer organisiert?
Man rechnet fest mit dem Erscheinen des weltberühmten Dirigenten Kunihiko Üzgül (49).

Buz hatte Kontakt zu Mischa Maisky aufgenommen, doch der Mischa verlangt 22 000 € plus einen Erste-Klasse-Flug und Unterkunft in einem 5-Sterne Hotel, und hätte darüber hinaus nicht einmal Lust zum Spiel.
Dies hatte Buzen nachdenklich gestimmt, und mit einem Male war er gar zur Gänze verschwunden, um einen Brief an die Midori zu tippen.

Ich sehnte mich danach, mit Ming zu plaudern, doch ich habe keinen Platz mehr in Mings Gedanken, wie ich nun frei von Bitternis zu Rehlein sagte. In Mings Kopf schaut´s in meiner Fantasie so aus, wie in einem mit noch unausgepackten neuen Möbelstücken zugerümpelten Haus.
Dann rief Ming allerdings selber an.
Ming hatte die Botschaft zu verkünden, daß er selber bereits etwas auf Englisch für die Midori zusammengetippt habe.
Buz hindess hatte schon einen richtigen Buchstabentopflappen zusammengehäkelt, den er nun stolz vorlas:

Er gratulierte der Midori erfreut zu den „wunderbaren Neuigkeiten", und durch diese Zeilen schimmerte – anders als in einem gewöhnlichen Geschäftsbrief - ein liebes Lächeln Buzens hindurch.

Hernach durfte ich noch aus Buzens Memorien vorlesen, und staunte nicht schlecht: Buz hatte seine Schriften kunstvollst ausgebügelt, und erzählte dem Lesenden plastisch, wie er einst in der Liederhalle Stuttgart von der ersten in die letzte Reihe wechselte, um seine sensiblen Ohren vor der schrillen E-Saite eines Leonid Kogan zu schützen.
Jahrzehnte später jedoch wechselte Buz von der letzten in die erste Reihe zurück, um die fahlen Klänge eines Gidon Kremer besser hören zu können.

Freitag, 4. Juli
Ofenbach

Zwar sehr windig, so doch bis zirka 19 Uhr
wunderschön. Dann wurde es schlagartig
weißwölkig, und ein Gewitter drohte

Heute träumte ich leider äußerst stressvoll:
Ich mußte aus meinem großen, hohen Studentenzimmer ausziehen.

Das Auto hatte ich fernab, in einer Entfernung von mehr als 2km, unter einer Linde geparkt, und da ich keine Köffer und keine Plastiksäcke mehr besaß, war ich gezwungen, jedes Kleidungsstück einzeln zum Auto zu tragen.
Der Rudi Leopold hatte mir a) einen großen Stapel Noten und b) mehrere schwarze Kleidungsstücke, die er nicht mehr brauchen konnte gebracht, die nun überall an Kleiderbügeln herumhingen, und meinen Flur empfindlich verengten. Mehr noch: Bei jedem Durchschreiten wurden vereinzelte Mäntel vom Bügel hinabgewischt, und glitten zu Boden. Und wenn ich mich danach bückte, und hernach wieder aufrichtete, so hieb ich nicht selten ein anderes Kleidungsstück vom Bügel herab.
Auch im Traume zeigte sich meine ungute Neigung, mich in Überflüssigkeiten zu verlieren, *indem ich jetzt lauter herumliegenden Tineff, wie beispielsweise z.T. angerosteten Weihnachtsschmuck in Dosen packte, die man hernach kaum noch schließen konnte. Die und ein paar über meinen gewinkelten Arm gehängte Kleidungsstücke schickte ich mich nun an, als ersten Einpackungsspatenstich zum Auto zu schleppen* – und als ich dann erwachte, bekam ich einen furchtbaren Schrecken, warum Rehlein mich wohl nicht geweckt hat?
Und während ich mich unfroh und bang für den Tag sattelte, dachte ich an den Film über die Kirschblüten, wo die rüstige und mitten im Leben stehende Ehefrau völlig überraschend starb, während ihr kranker Mann, mit dessen Exitus man doch tagtäglich rechnete, noch da war.

Heut wurde ich 620 Monate alt, und begann meinen Tag auf einem kleinen goldenen Besitzpuffer: 650 € vom Munde abgespart. Mehr somit, als hätte Rehlein an jedem Monat meines Lebens einen €uro für die Not für mich zurückgelegt.

Unten in der Stube lebte das süßeste Rehlein ja gottlob doch noch, und Buz wurde soeben sehr warm in die weite Welt hinaus verabschiedet.
Unser Heim verwandelte sich in eine Bahnplattform, von welcher aus ein Weltreisender auf unbestimmte Zeit verschwindet.

Über Nacht hatte sich überraschend eine Mail von der Bea angesogen.
Die Bea sehnt sich nach ihrer großen Schwester, wie an einer Stelle gar explizit zu lesen stand:
„Mein liebstes Schwesterlein!"
Nach anstrengenden Verwandtschaftsbesuchsstürmen hatte sich die Bea auf ihre Schokoladenseite zurückgekantet.
In ihrem Brief sprach sie jedoch hauptsächlich von Gärtnerin zu Gärtnerin, denn dadurch, daß sie mit steigendem Alter, bzw. sich summierenden abgelebten Monaten immer ungerner Geld ausgibt, möchte sie sich und ihre Lieben in der Zukunft ganz aus ihrem eigenen Garten ernähren.

Rehlein und ich betrieben Mutter/Kind-Gymnastik. Eine Dame, die ausschaute, als müsse sie Gabi heißen, und auch wirklich Gabi hieß, stand am Fuße eines Berges, und Rehlein legte mir dringlichst ans Herz, diese Gymnastik mitzumachen.

Samstag, 5. Juli
Ofenbach

Über die Mittagsstund wurde es
ziemlich grau und sogar gewittrig.
Abends milderte es leicht auf

Im Traum *wanderte ich in naßtrüber Wetterlage durch herbstliche Gebirgslandschaften in Amerika und „von jetzt auf gleich" befand ich mich plötzlich in einer juristisch ausweglosen Lage:*
Ich erinnerte mich an einen locker in Auftrag gegebenen Auftragsmord, und auf einmal wurde mir klar, daß die amerikanische Justiz mit dererlei erbarmungslos ist!
Da schaut niemand mehr drauf, daß das doch „nur das Kikalein war" – ein unbedachter Fehler, und es wartete womöglich die Todesstrafe auf mich?
Hinzu kam die Gewissheit, daß es heutzutage utopisch ist, daß ein Sünder der erbarmungslosen Justiz durch die Lappen geht.
Eine schwache Hoffnung hatte ich noch:
Daß der Mord noch nicht passiert, und man ihn noch stornieren könnte?

Sonntag, 6. Juli
Ofenbach

Ziemlich sommerlich. Schön warm und sonnig

Trotz eines wässrigen Schnupfens, für den ein Wasserhahn zum Abstellen vonnöten gewesen wäre, schlief ich hervorragend.

Im Moment versuchen wir uns alle, für das Eröffnungskonzert einen Promi mit hoher Sogwirkung aus den Rippen zu schneiden.
Ein Traum für das Julchen wäre Sol Gabetta (Gretel: „Zoll Bagetta"), doch in diesem Falle spränge wohl Herr Heike als Sponsor ab? Man zirkuliert gedanklich ein leeres Schneckenhäusl durch.

Um elf Uhr schweißte ein Ereignis uns als Familie zusammen: Die Eruierung des diesjährigen Bachmannpreisträgers.
Auf Tablets mußten die sieben Geschworenen ihre Meinung niedertippen, und in einem kurzen blumigen Statement begründen.
Gewonnen hat ein gewisser Tex Rubinowitz.
Er bekam einen Scheck über 25 000 € überreicht, und als sei dies Lohn nicht genug, auch noch einen riesengroßen Blumenstrauß!
Doch der Dichter schien sich gar nicht so richtig darüber zu freuen?

Mehrere Juroren hatten sich für einen jungen Tamilen eingesetzt, dessen Namen in meinem Ohre leider augenblicklich und bevor er noch zuendegesprochen war, zu Staub zerfallen ist.
Vielleicht, weil der junge Mann so ernst und neurotisch wirkte, und man vermutlich unbewusst einen Drang verspürte, ein Lächeln in dies lebensgegerbte Gesicht zu zaubern?
Die etwas verlebt wirkende, dickliche Katharina Gericke, die bei Buzen einen sehr guten Eindruck hinterlassen hatte, bekam immerhin 5000 €.
„Davon kann man einen ganzen Monat lang in Saus und Braus leben!" sagte ich, doch niemand hörte auf mich.

Montag, 7. Juli
Ofenbach

Der Tag begann schön, doch dann überzog es sich
mittags feuchtgrau, und regnete.
Hernach war es wieder sonnig

Gestern hatte Buz einen Brief an Patrizia Kopachinskaja geschrieben, und wartete nun, ähnelnd mir normalerweise, auf eine frohstimmende Antwort, bloß, daß Buz zur Stund noch nicht aus kühler Erfahrung klug ist, wie ich es bin.

Der Erfahrene weiß: Es ist dem Wartenden zwar freigestellt, auf eine frohstimmende Antwort zu warten – doch ebenso gut könnte Buz zum Bahnhof fahren, um auf seine Mutter zu warten, die nun seit mehr als zehn Jahren auf dem Friedhof liegt.
Warten darf man aber natürlich trotzdem.

Um viertel nach zwölf wollte Buz nach Wien reisen, um mit der blutjungen und bildhübschen Pianistin Anna-Magdalena Kokits zu proben.
Nach Art eines Senioren, der sich für den Zahnarztbesuch bei einem jungen Zahnarzt eine Krawatte umbindet und sich vernünftig scheitelt, bereitete sich Buz gewissenhaft vor.

Einkauf im Supermarkt:
Eine Heu Schafsmilch, die Rehlein in Augenschein nahm, war nur bis gestern haltbar.
(Finde ich direkt ergreifend, daß das hier so steht, denn lese ich diesen Text in 50 Jahren, so wäre die gewiss nicht mehr bis gestern haltbar.)
Ich durfte uns ein Eis aussuchen, und suchte so lange daran herum, bis Rehlein aus der Kassenschlange heraus nach mir rief. Da griff ich mir schnell das rosa Mannerschnitten-Eis der Firma Cremissimo, von dem anzunehmen ist, daß auch Buz eine Freude daran hätt´?
Daheim schien unser Hausschlüssel abgängig zu sein, da Rehlein in der Eile vergessen hatte, wo sie ihn hingelegt hat, und dies, wo das Eis doch

dringlichst in den Kühlschrank gestellt werden wollte! Mit einigem Schaudern ließ sich somit ausmalen, wie es hätte kommen können:
Der abgängige Schlüssel gehört zu den wenigen Dingen im Leben, die nie mehr gefunden werden. Weder am nächsten Tag, noch in 14 Tagen.
Mehr als 90% aller vermissten Gegenstände finden sich binnen 24 Stunden, weitere 9,93% innerhalb von 14 Tagen – 0,07 % der abgängigen Dinge jedoch finden sich nie wieder. Und diese Erfahrungswerte lassen sich auch auf den Menschen übertragen. Etwa 0,07% der Ehemänner die nicht zur verabredeten Zeit nach Hause kommen, sieht man nie wieder.

Doch unser Schlüssel fand sich.
Einige der Tropfen im frischen Sonnenglanze schauten aus wie Edelsteine, und hat man´s im Leben ja leider nicht zu Reichtum gebracht - (Rehlein: „Ich bin eigentlich nur beim Wolf geblieben, weil er mir Dienstboten versprochen hat!“) so ist man doch in Versuchung, wenigstens ein bißchen Glück und Lebensfreude aus diesem Anblick zu ziehen.
Da rief Buz an, um seine Ankunft auf kurz vor 18 Uhr zu terminieren.
Ob er schön geprobt habe?
„Sehr!“ sagte Buz, doch ich wurde plötzlich traurig beim Gedanken, *Buz könne womöglich vor verschlossener Türe stehen geblieben sein, da die Magdalena den alten Herrn schlicht vergessen hat, und gar nicht zu Hause war?*

In die verbliebene Zeit bis zur Buzesabholung zwängte ich schnell noch meinen obligaten Echo-saum-Trimm-Dich. Ich hielt nach weißen Schmetterlingen Ausschau, und begegnete ich einem, *so bildete ich mir ein, dies sei Oma Mobbl, und schaute ihm versonnen hinterher.*

Unterwegs dachte ich mir aus, *wie Jan Vogler ein glanzloses, mittelmäßiges Eröffnungskonzert spielt, und dafür 8000 € in den Arsch geschoben bekommt.*

„Kannst du auch mal was Gescheites denken?" schob hierzu wiederum Buz in mir einen Gedanken für mich nach.

Laut und rücksichtslos quakten die Frösche mitten in der Nacht, und lachten Hohn zu diesen wenig freudvollen Gedanken, die ich zur Nachtesstund fortgesetzt habe.

Dienstag, 8. Juli
Ofenbach

Freundlich, warm, sahneweiße Blumenkohlwolken.
Picknickswetter

Ich war dem süßen Friedel so dankbar, daß er mir gestern ein Kompliment zu meinem Petaluma-Report geschickt hat, („…und amüsiere mich köstlich!" so schrieb er) und nun lenkte ich meine

Gedanken schon wieder zur Bea hin, die mir nun allerdings seit dem 17.6. nicht mehr geschrieben hat. Der letzte geistige Austausch zwischen See- und Übersee, den ich erinnere, stammt vom 21.6. und wurde von mir selber verfasst – blieb jedoch unbeantwortet, auch wenn er sehr frisch und nett geklungen hatte, wie ich fand.

Doch an *einem* empörenden Auszug aus meinem Brief wird das Beätchen, das bei der eigenen Familienehre plötzlich flügelschlacklerisch und ungemütlich zu werden pflegt, das verkniffene Schweigen wohl dingfest gemacht haben?

Meinem Ansinnen, sie in meinem aus datenschutztechnischen Gründen leicht verfremdeten Buch in „Frau Izzele“ umzubenennen?

Auf diese Idee jedoch hat mich das Beätchen selber gebracht, indem sie eine garstige Mitmieterin in *ihren* Memorien in „Frau Meckerle“ umbenannt hat.

In ihrem letzten Brief hatte das Beätchen folgende Sätze formuliert, die hernach als scheinbar unumstößliche Tatsachen fast schroff auf dem Papiere standen:

…die Erika wird mich da verstehen. Das weiß ich.

und

Rodger hat diesen Brief nicht gern geschrieben. Das weiß ich genau.

Beim ersten Satz ging´s darum, daß das Schicksal das Beätchen gelehrt habe, daß bei fünf Kindern alles „zack, zack!“ „Dalli, dalli“ und nach Vorn gerichtet zu geschehen habe!

(Doch Rehlein lachte bloß über diesen hibbeligen Unsinn. Verstehen kann man´s – aber man versteht etwas, was man lachhaft findet. Andere ziehen sieben Kinder groß, mieten ein Kinderfräulein an, und pflegen die Gemütlichkeit.)
Rodger wiederum kann sehr gut für sich selber sprechen, und wenn das Beätchen zu seiner Frau Tina ebenso garstig und izzelig ist wie zu mir, so kann man es doch wohl sehr gut verstehen, daß sie als Stiefschwiegertochter nicht mehr das geringste Interesse zeigt, die Bea zu besuchen?
Und der hündchenhaft verliebte Rodger hängt sich in diesem Falle doch wohl eher an seine junge Ehefrau, als sich ihr auf heroische Weise in den Weg zu stellen, seine Muskeln spielen zu lassen und die Ehre seiner Stiefmutter zu verteidigen, um sich auf Heldenart und in Friesenlogik vor seiner eigenen Ehefrau aufzuplustern, so wie er es in Beätchens Vorstellung wohl am liebsten täte?
Tina ist jedesmal fertig mit den Nerven, wenn wir von einem Besuch bei Euch zurückkehren! erklärte er seiner anstrengenden Stiefmutti in jenem Brief, den er angeblich nicht gern geschrieben hat, und zu dem ihn die böse Tina gezwungen habe.
Wenn Du Dein Verhalten nicht änderst, und Tina nicht endlich den Respekt entgegenbringst, den sie verdient, so werden wir nicht mehr zu Besuch kommen.
Ein Brief, der das arme Beätchen so tief erbost hat, daß es einem schon wieder leid tun kann.

Ich trank einen Tee mit den Erwachsenen, und während ich in die Eckbank geklemmt so dasaß, schnurrten meine Duschambitionen* wieder zusammen, bloß um später im Duschhäusl erfreutem Duschbehagen zu weichen.
*Ein höchst selten zu lesendes Wort
Noch funktioniert Mings Duschhäusl oben als „Oase des Vergessens" einfach fantastisch, doch wie ist das wohl später, wenn ich alt und welk bin?

Rehlein hat in der Nacht nicht schlafen können, da ihr unentwegt Klagelieder, z.B. über die Niedertracht und Undankbarkeit der Landschaftsmitarbeiter, denen Buz im Leben sooo viel geholfen hat, im Kopf herumdudelten, und auch jetzt rieselten sie wie aus einem defekten Radio immer weiter in Rehleins Gemüt, während auf dem Bildschirm die Tierdoku aus Namibia lief, und freundliche Hände harmlosen Leoparden liebevoll über den Kopf strichen.

Ich schrieb Ming einen Brief, und erzählte, daß Rehlein, braungebrannt in einem gelben Netzhemd steckend, von Kopf bis Fuß auf Gartenarbeit eingestellt sei, und Buz immer dünner und klappriger wird, so wie einst die Omi Ella.
Und jetzt sei es leider so gekommen, wie man es eigentlich nicht gewollt hatte: Buz ist mit dem Opa verheiratet, und Rehlein mit der Ella. Doch man macht das Beste draus, spielt allabendlich ein Rummi-Kub und hat viel Spaß dabei.

Mittwoch, 9. Juli
Ofenbach

Zunächst trülender Regen. Viel kälter.
Am Nachmittag wieder sonnig, und am Himmel
zeigten sich arielweiße großformatige Wolken

Beim Frühstück berichtete Rehlein, daß sie OL*-bedingt immer wieder von Wutanfällen heimgesucht und gebeutelt wird.
*Ostfriesische Landschaft – eine Körperschaft öffentlichen Rechts im Operettenstaat Ostfriesland. Schlimmer als die FPÖ in Österreich ← Dererlei sollte man doch wohl mal der Gerda schreiben?
„Letztendlich geht es ja nuuuur um die Musiiik!" würde man Gerdas Antwortschrieb wie ein nasses, stinkiges, graues Wäschestück nach einem Kernsatz auswringen können, der unter „dümmlicher und unpassender Allerweltsweisheit" zu verbuchen wäre.

Einmal fütterte mir Rehlein einen biologischen Salatstrunk, so daß man sich kurz wie eine Großvieh-Einheit fühlen durfte.

Ich besann mich auf den Rudi, den anzurufen ich jedoch keine Lust verspürte, da er immer so nuschelig redet, daß all seine Worte in meinem Ohr augenblicklich ins Nichts zerfallen.
Rehlein geht´s mit ihm ja grad ebenso.

Buz jedoch sagte: „Red nicht so einen Unsinn!“
Da hatte ich allerdings bereits Rudis E-Mail-Adresse eruiert, und beschäftigte mich nun mit einem kleinen Mail für den Rudi, der meinen Intentionen zufolge ein wenig über ein gewöhnliches Mail hinausgehen sollte, zumal mir die Sommerinterpreten mit ihren armseligen, „auf den Punkt gebrachten“ geistlosen und unbegabten Dürrzeilern immer so auf die Nerven fallen.
Leicht lustig schrieb ich in Juristendeutsch über das Schulhoff-Duo, ….**das wir im Sommer zum Vorteil der Ostfriesen interpretieren werden.**
Stolz wie ein kleines Buzzewackele stürmte ich das Musikzimmer, um dem geigenden Buz von dieser vermeintlichen Großtat zu berichten, und vielleicht ein bißchen Gelächter abzusahnen.

Buz las in der NMZ*.
In Graz soll eine Klasse für hochbegabte Violinisten aufgebaut werden, doch ob der rohe steirische Boden mit der steirischen Grundmentalität „Jetzt erst recht!!“ wirklich der passende Ort für eine Saat dieser Art ist?
*Neue Musikzeitung

Am Michelhof in Lanzenkirchen parkten ziemlich viele Autos, und es sind vorallem die bösen, dicken und fetten Weiber, die dort auf Stamperlsafari gehen. Böse Frauen, wie die dicke Große aus Amerika, die

mal aus Bosheit und Verderbtheit heraus einen Mord beging.
An der freiwilligen Feuerwehr frug ein Herr aus dem Auto heraus, wo wohl der Michelhof sei?
Erfreut und engagiert gaben wir Auskunft, doch noch vor Ende der Auskunft sah der Herr offenbar einen Spezi schimmern, dem er nun etwas zugröhlte, und wir waren abgemeldet.
Dieser Herr habe ja verlebt ausgeschaut! erschauderte sich Rehlein, als wir durch die Radaxgasse Richtung Supermarkt liefen.

Durch die Reihen im Supermarkt tobte ein blonder kleiner Knirps, der offensichtlich einer eiligen bleichen Frau gehörte, – ein mickriger Bub - und irgendwie erwartete ich es wie selbstverständlich, daß jedes einzelne an ihn gerichtete Wort nöliger Natur sein dürfte, so wie dies vor 30 Jahren in diesem Landstrich usus war. (Geh, schlääätichdi!)
Doch die Zeiten haben sich gottlob geändert, und umso überraschter und erfreuter war ich, daß ihn seine Mutti freundlich: „Jaaakob!" rief, und später saß der Jakob auf jener Anrichte, wo ich nun die privaten Angebote an der Pinnwand studierte. Ich quetschte meine Nasenspitze bis zum Anschlag in die Höh, um den Knirps zu erheitern, und tatsächlich überzog ein kostbares Lächeln das Knabengesicht.
„Suche kleines Haus günstig" schrieb jemand voll Hoffnung, und hinzu so nett.

Abends durchbebte Fußballgejohle unser Heim.
Ich stellte mir vor, wie Buz einer Mannschaft beitritt und ein Tor schießt, das von der ganzen Welt mit einem Aufgröhlen bedacht wird.
(Schön wär´s!)

Donnerstag, 10. Juli
Ofenbach

Nach wunderschönem Beginn
wurde es bald grau und bräsig

Beim Üben dachte ich über den Mordfall „Maike Thiel" nach. Auch wenn´s ein „Mord ohne Leiche" ist, so wurde doch ein Herr, zusammen mit Mutter Christel 61, für immer in den Knast geschickt.
Die lockenköpfige und lebensfrohe 17-jährige Maike war zum Zeitpunkt ihres Verschwindens hochschwanger, und offenbar hatte man *keine* Lust den Spaß mitzumachen und Alimente zu zahlen?
Stattdessen beauftragte man einen heute 80-jährigen Herrn, und zahlte ihm 1800 € für den Mord.
Das Ganze geschah im Jahre 1997 in Neuruppin.

Erst gegen halb zehn trommelte das süßeste Rehlein zum Frühstück.

Rehlein hatte den Kaffee mit arabisch-orientalischen Gewürzen gewürzt, und bei den köstlichen Broten mit Nußmus und Honig konnte sich der Genußfreund kaum bremsen.
Ich erzählte meinen Lieben vom Carlo, der Arbeit in den arabischen Emiraten gefunden habe, und schmückte seinen, vom Onkel Hartmut übersetzten Brief nach eigenem Gutdünken kunstvoll aus:
Niemand wußte von nichts, als der neue Angestellte herbeigereist war. Niemand wartete auf ihn, und niemand reichte ihm etwas zu essen und zu trinken. Kein freundliches Wort für einen weitgereisten Mann! Und wie es hernach mit der Bezahlung ausgeschaut hat? Darüber schweigt man doch lieber.
Rehlein erinnerte sich an Indien, wo sie schon sehr bald spitz bekam, daß *eine* indische Minute elf europäischen Minuten entspräche.
„Ich bin in fünf Minuten wieder da!“ verkündete Reiseleiter Kumar.
„Da komm ich mit!“ sagte Rehlein spontan, „und die Hilke…“
…zu diesen Worten hustete Buz laut und barmend, und das, wo er doch kurz zuvor noch so freudig gemeint hatte, mit seiner Gesundheit sei´s doch nun wirklich stark bergauf gegangen!
Rehlein erinnerte sich an eine steile Straße in Indien: Oben stand eine Ziege, die ein Baby bekommen hatte, und das kleine Zicklein polterte unmittelbar nach seiner Geburt den Hang hinab.

Die Deutschen ärgern sich immer so wahnwitzig über Verspätungen, und die Chinesen wiederum über ausgefallene Mahlzeiten.
Rehlein berichtete vom Akio, und wie sie ihn einst kennengelernt hat:
An einen üppig mit feinsten Speisen gedeckten Tisch im Freien setzte sich die Familie soeben zum Mittagessen nieder, als Rehlein erschien, um eine höfliche Frage anzubringen.
„Nach dem Essen!" habe der sonst so höfliche Akio ganz streng beschieden.
Rehlein wollte noch berichten, was ihr die Degerlocher Oma zu diesem Thema für Weisheiten mit auf den Weg gegeben hat, doch Buz hatte sich zu diesen Worten bereits erhoben, um sich im Musikzimmer *scheinbar* Wichtigerem zuzuwenden.
Rehlein und ich blieben aber sitzen, wechselten das Thema und sprachen nun über Frau Backe.
Angeblich war Frau Backe von ihrer Mutter gezwungen worden, den Finanzbeamten *Herrn* Backe zu ehelichen, damit sie gescheit versorgt sei.
Einmal büxte Frau Backe einfach aus, indem sie ganz spontan mit uns nach Bonn fuhr.
Buz, der sie auf lose Weise zu dieser kleinen Reise eingeladen hatte, dachte oder hoffte zumindest, daß sie ihrem Mann Bescheid gegeben hatte, aber nein!
In Aurich verschwand somit am hellichten Tage eine Mutter und Ehefrau.
Wie vom Erdboden verschluckt!

Und als wir am dritten Tag wieder nach Aurich zurückkehrten lief Herr Backe soeben suchend an der Hecke in der Goethestraße auf und ab.
Durch unsere Anwesenheit fiel die fällige Abreibung zunächst deutlich milder aus, als angebracht gewesen wäre – doch daheim hat er sie dann wahrscheinlich doch noch verdroschen, und dies zu Recht.
Rehlein wußte noch allerlei Erinnerungen beizusteuern: z.B. von einem jungen Ding namens „Heike", das sich Frau Backe einfach als Pflegetochter ins Haus geholt hatte.
Buk Rehlein einen Zwetschgenkuchen, so pflegte sie für die Backes gleich einen mitzubacken, dieweil die doch zu so vielt waren, und gewiss keine Zeit zum Kuchenbacken fanden?
Doch die Heike sagte: „Igitt, schon wieder Zwetschgenkuchen!" und schlug Rehlein die Tür vor der Nase zu.
Richtig, die hatte ich ja total vergessen!
Rehlein fuhr mit ihrem Berichte fort und war nicht mehr zu bremsen:
Kaum hatte Frau Backe sich dies schwer erziehbare junge Ding ins Haus geholt, da mußte man sich auch schon um die Pille kümmern, da es sich um ein moralisch verkommenes Frauenzimmer handelte, das an jeder Straßenecke drohte, zu irgendjemandem in die Kiste zu hüpfen, um ihr Taschengeld aufzupeppen.
Etwas, das man vorher nicht bedacht hatte.

Doch die Heike war nur eines von vielen Pflegekindern.
Was Frau Backe wohl dazu bewogen hat, sich die vielen Pflegekinder ins Haus zu holen?
Rehlein machte die schnalzige und vielsagende „Pinke-Pinke“-Geste mit den Fingern, und fuhr in ihrer Erzählung fort:
Einmal hatten Buz und Rehlein beschlossen zu üben, und Rehlein - befüllt mit dem freudigen Eifer einer jungen Ehefrau, die im Leben noch viel Schönes vorhat - hatte bereits die Pulte in die Höhe geschraubt, als es an der Türe Sturm klingelte:
Frau Backe mit der ganzen Bagage im Schlepptau regte an, den Sonnenuntergang an der Küste zu genießen.
„Wolf, du bleibst jetzt hier!“ sagte Rehlein als Ehefrau resolut – doch da war nichts zu machen!
Nur allzu gern legte Buz seine Violine wieder beiseite.
Da sie zu so vielt waren, mußten sie sich in Buzens grünen Mercedes regelrecht hineinquetschen, und die Kinder duckten sich vor eventuellen Polizeikontrollen ganz hinweg.

Zu dieser alten Erzählung aus lang vergangenen Zeiten trat Buz aus dem Musikzimmer. Neuigkeiten aus Aurich hatten seine Stimmung gehoben:
Der Anwalt Reich hatte, symbolisch gesprochen, etwas Tabak für eine Friedenspfeife an das Gericht nach Hamburg geschickt.

Buz mit frisch zurückgekrempelten Ärmeln erbat die Telefonliste der Landschaftsärsche, um jeden einzelnen persönlich über unsere hehren Friedenspläne in Kenntnis zu setzen.
„Landschaftsärsche Aurich“ gab ich bei Google ein.

Rehlein wünschte sich ein Auffangnetz für die prallen Trauben an ihren Rebstöcken, und so fuhr ich in den Fischapark nach Wiener Neustadt, und landete auf einer Linksabbiegespur, die mir Unbehagen bereitete: Eine Wahl zwischen Tiefgarage und Parkdeck. Ich entschied mich fürs Parkdeck, und der steile Weg hinauf war so unerhört schmal und steil. Man mußte ein, zwei Haarnadelkurven bezwingen, und tatsächlich fand ich einen Parkplatz.
Nun galt´s, meinen Kopf in beide Hände zu nehmen, und mir krampfhaft zu merken wo mein Auto steht.
Wie das wohl mal ist, wenn ich derodunnemal 20 Jahre älter bin? Ich pack meinen Kopf zwar in beide Hände, und doch verfällt der Standpunkt darin zugunsten irgendwelcher Uralt-Erinnerungen zu Staub.
Hauptverkehrszeit in einem Einkaufsparadies in einer unsympathischen Stadt, die sich wenigstens drum bemüht, netter zu werden.
Im Fischapark fühlte sich mein Leben unwirklich an wie in einem Fernsehfilm:

Ich verwandelte mich in ein unscheinbares, gänzlich von der Welt vergessenes einsames Frauenzimmer an Heilig Abend, auf das überhaupt gar niemand wartet, und das sich nun zur Feier des Tages ein kleines Fährtlein auf den Rolltreppen gönnt?

Irgendwie hatte ich das Gefühl, daheim wäre man aus Sorge über meinen Verbleib völlig aus dem Häuschen, und ein bißchen hatte ich mir auch ausgedacht, wie es wohl wäre, wenn ich von diesem Ausflug in die Stadt niemals wiederkehre?
Buz und Rehlein wüßten doch nicht einmal mein Kennzeichen auswendig, und könnten der Kriminalpolizei gar keinen Anhaltspunkt bieten, nach was man wohl suchen solle?

Freitag, 11. Juli
Ofenbach

Zunächst leiser Sprühregen,
der in plätschernden Dauerregen überging

Ich joggte durch leisen Sprühregen, der später in lärmig pochenden Dauerregen übergehen sollte, in dessen Verlauf man am Vormittag gezwungen war, die Lampen einzuschalten.

Nach meiner Heimkunft wurde ich gleich vom besorgten Rehlein in ihrem Bratenrock willkommengeheißen, und wenig später schimpfte Buz mich aus, weil ich einfach so, in einem schlichten kleinen Leiberl am Tischlein-Deck-Dich saß und dichtete – mich den langen, bösen Fingern einer Erkältung, die bereits nach mir zu zupfen schien, auf unbekümmerte Weise einfach ausliefernd.
Das süßeste Rehlein im Morgenrock brachte mir eine dampfende Tasse Tee in einer Jahreszeitentasse, und ich erzählte, daß in der Musikhochschule heute „Morgenrockstag" sei: Alle Lehrkörper und Studenten haben im Morgenrock zu erscheinen, um das vertrauensvolle Miteinander zu stählen.

Als ich schließlich zum Frühstück erschien, brachte ich frisch aus dem Tagebuch destillierte Erinnerungen an die Tafel mit:
Ich erzählte den Erwachsenen von Susanne R., einer fanatischen Geigerin: Ganze Nächte hindurch spiele sie Streichquartette vom Blatt, und wird nicht müde, sich an den zahlreichen Meisterwerken zu ergötzen, die der liebe Gott einigen Auserwählten unter uns, wie beispielsweise Beethoven oder Schubert direkt in die Feder diktiert hat.
Lustvoll breitete ich die Geschichte aus, und entwarf ein kleines Portrait der Familie R. aus der Schweiz: Der Vater sei ein pastoraler Grundtypus mit borstigem Sonnenumrandungsbart, Geigenlehrer von Beruf, und das Netteste, was er seiner ältesten

Tochter Marlene je gesagt hat war: „Auch ein blindes Huhn findet einmal ein Korn“.
(Schweizerisch eingetönt.)
Die Mutter wiederum ist eine ganz Fremde:
Als Buz sich ihr einmal vorstellte, schaute sie völlig entgeistert auf ihn drauf, und unausgesprochen ertönten die ebenfalls schweizerisch eingefärbten Worte: „Und?? Was chabe ich damit zu tun?“
(Erinnernd an Evelyn Hamann in jener Geschichte von Loriot, als ihrem Gegenüber eine Nudel im Gesicht klebte.)
Der Sohn Detlev sei ein ganz lieber und höflicher Mensch, doch er steht auf Sadomaso, und unter der Fassade des höflichen jungen Biedermanns brodelt das Potenzial zum Serienmörder. (Dies weiß ich von einer Dame, die einmal mit ihm liiert war.)
Erst gestern hatte ich gelesen, daß sich in Deutschland vorsichtigen Schätzungen zufolge etwa zehn Serienmörder frei und mitten unter uns bewegen. Es könnte jeder sein, so heißt´s – z.B. „der nette Nachbar von nebenan“.

Beim Mittagessen sprachen wir ausgangsmodulierend vom Onkel Hartmut über die Intelligenz. Nein! Der Ausgangspunkt der Gesprächsmodulation ist noch etwas weiter vorher anzusiedeln, denn so begann´s:
Rehlein wollte wissen, ob Buz sich beim Paganini-Üben überanstrengt habe?
Um Gottes Willen. Nein.

Mir gefiel der Gedanke, daß Buz im Sommer seinen Mut bündelt, und als Zugabe eine Paganini-Caprice spielt. Am besten die Nr. 17, die er immer übt. Da käme dann womöglich auch der Onkel Hartmut herbeigereist, der ein Ohr für Paganini habe?
Dann erzählte ich, wie der Onkel Hartmut vor der Ulla gezwueiniout* habe: „Ich halte mich für einen überdurchschnittlich intelligenten, vernümbfdjen Menschen!"

*Zwuei-Niou: Das ist chinesisch, und lässt sich nur schwer übersetzen. Es ist so, daß ein chinesischer Mann, der sich nicht auf ein kunstvolles Gezueinioue versteht, wohl kaum eine Frau finden würde?
Eine Form, des sich „brüstens" oder „aufplusterns", vorzugsweise vor Damen.

„Nein! Das mit dem „vernümbfdich" stimmt nicht. Das hat er nicht gesagt, und ich habe es nur hinzuerfunden. Der Rest aber stimmt!" beeilte ich mich auch gleich, den kleinen Flecken auf dem Hartmutbildnis, der sich in Folge des überquellenden Mitteilungsdrangs gebildet hat, wieder hinwegzuwischen.
Alle halten sich für überdurchschnittlich intelligent, doch dann sitzt man vor einem IQ-Test, und kennt sich ersteinmal nicht aus. („….wie jetzt???" Kopfkratzsmilie)

Nach dem Mittagessen wollte ich mich ein wenig mit meiner Violine vergnügen.
„Üben" heißt jetzt nicht mehr üben, sondern „sich mit seiner Violine vergnügen".

Eigentlich sollte Walter Kohl mir den Weg zum Glücke weisen, und nun weise ich ihn mir selber.
Kaum übte ich los, da kam Rehlein, und schon am Fuße der Treppe hat man gemerkt, daß Rehlein nicht alleine war: Rehlein kam mit dem Rudi am Ohre.
Nun galt´s einen Termin mit dem eiligen Professoren auszuhandeln:
Normale Menschen haben „zu tun", und der Rudi bildet da keine Ausnahme. Er hat kaum Zeit – schon gar nicht, um auf´s Land zu reisen und hier in Ofenbach mit mir zu proben. Hinzu kommt, daß er vor einer Reise nach Italien steht, von der er erst am 31. Juli wiederzukehren gedenkt.
Und außerdem habe er auch noch keine Zeit gefunden das Schulhoff Duo überhaupt aufzuklappen – geschweige denn, sich in die Partitur zu vertiefen! Etwas, das ich Buz & Rehlein wenig später fast schon lustvoll schilderte:
Am 15. August kommt er nach Ostfriesland, am 18. ist Premiere, und bis dahin kann man ja emsig üben, und sich große Mühe geben, sich das komplizierte Werk untertan zu machen.
„Das reicht ooohne weiteres!" beschied Buz im Sorgenstuhle – doch wehe, dieser Vorschlag wäre von mir gekommen!
(„Ich versteh ja, daß die [depperten Daitschen] sich da einarbeiten miassn, aber ich kann dös jetzt net ah noch oundabringa!") So dachte der Rudi in mir, und das, was in eckigen Klammern zu lesen steht, das dachte er natürlich nicht, oder zumindest nicht laut.

Buz referierte über Geheimnisse des Fingeraufsatzes, und tatsächlich lief mein Elgar-Konzert hernach wie geschmiert!
Bei den mörderischen Oktav-Kaskaden dachte ich an Tatjana Grindenko, die stets so sagenhaft Oktaven zu spielen verstand. Grad so, als habe sie der Oktav-Kultur einen besonderen Platz in ihrem Leben eingebaut:
„Ätsch-Bätsch! Bei mir klingen die Oktaven stets so blitzsauber, als sei´s ein einzelner Ton, und nur anhand des Fingersatzes sieht´s der Kenner, daß es sich dabei um eine Oktave handelt!" schien sie ihrem Ex Gidon eine lange Nase drehen zu wollen.
Vor meinem geistigen Auge tauchte *in einer Wetterlage wie der heutigen eine gelbe Moskauer Stadtwohnung in einer Häuserzeile auf. Regentrübnis durchschwadete diesen eher ruhigen Stadtteil. Gegenüber lag ein kleines Bistro, in dem sich der Gidon allabendlich vollaufen lassen mußte, dieweil er die stickige Enge in der Wohnung nach der anstrengenden und schweißtreibenden Geigenüberei keine Sekunde länger zu ertragen vermeinte. Und dabei war´s ja eigentlich eine ganz schöne Wohnung mit hohen Zimmern und großen Fenstern.*
Doch dort lebte er tagsüber in Konkurrenz zu seiner eigenen Frau. Jeder einzelne sowjetische Geiger versuchte zu jener Zeit, den Sprung in den Kader der sechs besten sowjetischen Violinisten zu schaffen.
Man übte in zwei aneinandergeschmiegten Zimmern den ganzen Tag jaulige Skalen hinauf und wieder hinab. Mal er oben, mal sie unten (und umgekehrt). Akkordbrechungen, Dreiklänge, Lalos Symphonie espagnol, Elgars Violin-

konzert (nachgreifend geübt, so wie es einen Musikfreund wie mich nervt.)
Und eines Abends lernte der Gidon im Bistro gegenüber eine Dame kennen….

Der Igal auf seiner Facebookseite berichtete vom Krieginisraelll ← (dies schreibe ich in einem Wort, und hinzu drei „l“ am Schluß, da die Worte immer so zusammengezogen klingen, wenn der Igal räddät). Ein Konzert mußte gar unterbrochen werden!
(Und da befindet sich der Yossi in Avignon und unterrichtet seelenruhig und hinzu völlig falsch verstanden die von Buz erfundenen Dödldöö-Übungen, statt seinem Vaterlande beizustehen!?)
Alle schrieben dem Igal gutgemeinte Facebook-Dürrzeiler – Z.B. die Petra: „Stay safety!“
„Steh saftig!“

Zu später Stund lag Rehlein bereits im Bett, und ich brachte ihr das Telefon, aus welchem Babbeleien vom Pröppilein herausschallten.

Samstag, 12. Juli
Ofenbach

Gebessert. Postregnerischer Sonnenschein

Eigentümlicherweise legte ich beim Rennen heut in der gleichen Zeitspanne (45 Min.) sehr viel weniger Wegstrecke zurück als gestern, was vielleicht darauf zurückzuführen sein könnte, daß ich die Füße nach Pröppileinart neben- statt hintereinander aufsetzte? Ich schmiegte mich gedanklich in jenen Tag hinein, wo das Pröppilein so alt ist, wie ich es heute bin.
1. September 2064.
Und Ming, wenn überhaupt, ist bis dahin ein Greis von 100 Jahren!

Schon um 8:23 bat Rehlein zu Tisch.
Rehlein an ihrem Stammplatz sah bezaubernd aus, doch leider wurde Rehlein bzgl. unseres Musios von Angst gepeinigt.
In Rehleins Innerem hatte sich ein Angstpaket, schwer wie ein Mühlstein, zusammengeschnürt und drückend auf den Solar Plexus gelegt, von wo es sich nicht mehr hinwegbewegen ließ.
Das ganze Geld das man doch für die Kinder gespart hatte, ist weg, und Rehlein hatte so viel Drückendes gedacht: z.B. was die Wibke bei ihrem geistlosen Dürrzeiler an den Igal im brodelnden Kriegskessel von Israel wohl gedacht haben *könnte:*

„Der Musikalische Sommer ist nächstes Jahr sowieso vorbei. Da halten wir uns die Künstler warm, denn die sind billiger, als Künstler von der Stange, die Kirsche zu jenem Zweck einlädt, um „Konnekschns“ zu knüpfen!“
„Und wieso hat der Lübben schon vor Jahren gesagt, daß es keinen 28. Musikalischen Sommer mehr geben würde?“ frägt sich Rehlein oft.
Buz retirierte sich bald ins Musikzimmer, um der Ministerin zu schreiben, und ich fühlte mich lahm und gedrückt, freute mich jedoch über meine leichten Herzprobleme.
Jetzt ein sanftes Hinübergleiten in eine bessere Welt, wünscht man sich, und doch klammerte ich mich an Rehleins Aura.

Rehlein erzählte, wie sie einst in Frank Maus verliebt war. Er hatte eine tolle Figur und schien hochintelligent. Gegen eine Vermehrung mit ihm sprach lediglich die dicke Brille auf seiner großen Nas.
„Und seine ganze Sprödheit!“ warf ich ein, denn sympathisch ist er mir bislang in Rehleins plastischen Schilderungen noch nicht rübergekommen, so daß ich den nicht so gern als Vater hätte.
Verstockt und versnobt in eine scheinbar große, und doch ausgrenzende Genialität verkapselt.

Ich griff mir ein kleines von Rehlein so liebevoll gebasteltes Fotoalbum.

Am Neujahrstag 1999 hatte Mobbl die lustige weiße Mütze aufgesetzt, auf welche Rehlein in großen, künstlerisch geschwungenen schwarzen Zahlen „1999“ draufgenäht hatte, und prostete uns schelmisch mit einem Sektglas zu.
Gespuckt Onkel Döleins Ausdruck auf dem Gesicht, so daß wir dem Onkel das liebliche Bildnis einscännten und spontan zuschickten. Geschmückt mit einem kleinen Dürrzeiler Rehleins, der sich dann noch ein ganz klein wenig auswuchs, da es Rehlein letztendlich ja doch nicht übers Herz bringt, ihr Gegenüber mit Schütternissen abzuspeisen.

Fahrt mit Rehlein zu Bio Fiedler.
Unterwegs erzählte Rehlein, wie die Pauline nie gezahlt habe, und dies, wo Buz doch immer so tolle Milchmädchenrechnungen aufstellte.
Pauline schrieb er beispielsweise groß und launenhebend auf ein Blatt.
Rehlein kaufte für 155 € ein, doch wir schauen mittlerweile mit anderen Augen auf die Angebote drauf, da wir finanziell am Eintrocknen sind.
Im Büchereck griff ich mir ein Buch über die Kinesiologie, und war gerührt, daß die Leute immer auf der Suche nach dem „gewissen Etwas“ sind.
Frau Weimer z.B. glaubte und hoffte, ihr Heil in der Kinesiologie gefunden zu haben.
Schließlich gönnten wir uns auch noch ein Sonderangebot: Ein großes Schokoherz für nur 20 Cent. Torhaft da ein Jeder, der nicht SOFORT zugreift.

Für die Heimfahrt schwebte mir ein kleines Picknick auf dem Friedhof von Katzelsdorf vor, doch da es sehr warm geworden war, fuhren wir schnittigen Reifens heim.

In Buzen gährte der Ärger über die Ministerin, der er am Vormittag mit so viel grimmiger Entschlossenheit eine Mail geschrieben hat.
Sogar Buzens Eselsräuspern hatte so entschlossen geklungen, daß Rehlein richtig stolz auf ihn war.
Ich holte das Böxle mit den Glückslosen herbei, das ich mir unlängst in Gummersbach ergeigt habe.
Buz durfte ein Los mit einer erhebenden Botschaft ziehen, und setzte hernach ein fleischfarbenes Sägemörderlächeln auf, wenn man versteht?
„Das Lächeln, das Du in die Welt entsendest, kommt tausendfach zu Dir zurück!“ las man auf seinem aufgefalteten Zettel.
Der Nachbar mähte geräuschvoll den Rasen.
Eine Tätigkeit, zu der sich nun auch Rehlein verleiten ließ, während Buz mich wieder pädagogisch am Wickel hatte.
Zwar gab ich mir Mühe, Buzens Worten interessiert zu lauschen, doch ich fühlte mich dabei so müd!
Es handelte sich um eine andere Müdigkeit als in jungen Jahren, und fühlte sich eher so an, als sei ich gegen Müdigkeit geimpft worden, - und seither sei ich immer müd, und diese Müdigkeit würde auch niemals wieder weichen.

(Eine sehr, sehr seltene Nebenwirkung der Impfung.)
Einmal machte Rehlein eine Bemerkung, daß wir nicht so viel schwatzen, sondern lieber etwas arbeiten sollten. Doch ich fühlte mich so, als sei ich mit dem Gesäß vorneweg – so daß Arme und Beine in die Höhe geklappt und zusammengebunden wären, in einen Brunnen gerutscht, aus dem ich mich mit eigener Kraft nicht mehr befreien kann.
Plötzlich aber wendete sich das Blatt, und nun konnte es mir gar nicht schnell genug gehen, endlich mit der Arbeit loszulegen, um auf ein erstes kleines zusammengescheffeltes Arbeitspensum draufzublicken.

Sonntag, 13. Juli 2014
Ofenbach

Vormittags etwas schwül, sonst aber bräsig
(schwerfällig und trägestimmend bewölkt), und der
Himmel strahlte eine gewisse Bereitschaft aus,
gelegentlich loszuregnen

Im Internet war zu lesen, daß unser alter Freund Ulrich Weder am 17.11.2012 unerwartet verstorben ist. Ein warzenbesprenkelter humorvoller, noch nicht einmal besonders alter Herr.

Um seine Frau Waltraud, die frischgebackene Wittib, die im Alter immer trockener wurde, so als gälte es, einen Pokal im „Trocken sein“ zu gewinnen - ist´s mir nicht weiter schad, aber wegen dem Ulrich selber, und bitter ist zudem, daß man es nicht für nötig erachtet zu haben schien, uns von diesem herben Schlag in Kenntnis zu setzen.
Es herrschte eine Stirnrunzelwetterlage, durch die ein ausgebleichter mattblauer Himmel hindurchschimmerte.
Beim Frühstück freute ich mich über ein warmes Lächeln auf Buzens Zügen.
Ich erzählte von den vielen Persönlichkeitstests, die man im Internet machen kann. So manch einer muß sich nun klamm eingestehen, ein Psychopath zu sein, und versuchen dies beklemmende Wissen an den Verwandten vorbeizuschmuggeln und unter Verschluß halten.

Beim Mittagessen sprachen wir über Buzens Opa, der seine Frau um 7 Jahre überlebt hat. Da frägt man sich, wie er als Vorkriegshesse, für den die Arbeit in der Küche Hexerei schien, bloß seine sieben Jahre als Witwer herumgebracht hat?

Montag, 14. Juli
Ofenbach

Milde – anschließend bewölkt.
Mittags Donnergrollen und Säbelrasseln,
das sich dann jedoch in eine eher unauffällige
Wetterlage zurückverwandelte

Nach der Gymnastik wurde Buz ausgesandt, mich zum Frühstück herbeizulocken. Buz hatte allerdings so leise gerufen, daß er nicht gehört wurde, und sich nun doch die Stiegen hinanbemühen müssen, auch wenn man im Alter nicht mehr so gerne Treppen steigt.
Im Türrahmen stehend schenkte er mir zwar ein Lächeln, doch immer muß *ich* ihn küssen, und von alleine bekäme ich wohl nie einen Kuß?
(härmte ich mich leicht.)
Ähnelnd mir, die sich vor dem Hinabkrümmen in den Geigenkasten innerlich ein wenig zusammenbündeln muß, die morschgerosteten Sehnen und Bänder zu beugen, stand Buz nach Art eines Pachyderm ersteinmal rum. In den Lüften jenes zwischen Professoren und jungen Damen so typische Gefühl des nicht Wissens, was zu sagen sei?
Man möchte etwas Hochgeistiges sagen, doch das „Hochgeistigkeitsdoc.exe.com konnte nicht geöffnet werden."

Buzens Blicke ruhten auf Rehleins Gemälden an der Wand.

Zum Frühstück schauten wir die Tierdoku aus Namibia, in welcher ein schönes blondes Mädchen mitwirkt, das Rehlein so an die Annelotte erinnert – jene Exe vom Onkel Rainer, die von der Familie Rothfuß nicht leiden gekonnt wurde. Wir richteten das Fokussierungsglas der Erinnerungen nun in dieses Kapitel der Vergangenheit, und auch Buz, der meist still und absorbiert dasitzt und sein Müsli löffelt, schaute etwas lebendiger aus seinem Panzer, sprich, dem ewig gleichen grau-blauen Mottenpulli.
Ob der Rainer überhaupt einen Abschluß habe? zeigte sich Buz interessiert.
Nein, Rehlein glaubt es nicht. Er wurde der Annelotte hörig und tat nichts mehr für sein Chemie-Studium, das doch so teuer war, und von dem die Eltern gleichsam stöhnend und vergebens hofften, er möge es zügig durchschreiten und zu einem gloriosen Abschluß bringen.

Oben im Dachgebälk setzte ich meine geigerischen Bemühungen fort. Die Ysaye-Sonate, die gestern noch so wunderbar lief, war von Zweifeln benagt worden, da ich mich im Geiste bereits einem zweifelnden Publikum in der Emder Kunsthalle ausgesetzt sah. Ich sah mich auf der Bühne stehen: *Zwar um Genialität bemüht… sah jedoch nur mißbilligendes Stirnrunzeln Rehleins und Buzens vor mir.*

Am Nachmittag übte ich neben dem Duschhäusl Bartoks Solo-Sonate, und als Rehlein mal als Duschgast auftauchte, spielte ich augenblicklich viel schlechter. D.h., ich versuchte nur noch zu punkten, und je mehr ich zu punkten suchte, desto tiefer versank ich in einen Morast an Unzulänglichkeiten, und als Rehlein dem Duschhäusl wieder entstieg, fand sie meinen letzten Ton zu schlapp.

Dienstag, 15. Juli
Ofenbach

Zunächst glomm das Feuer der Sonne nur schwach.
Ab Nachmittag wunderschön picknickheischelig.
Nur noch *ein* winziges Sahnewölkchen schwebte am
Himmel, und löste sich dann auch noch auf

Ich wurde von Kirchglockengebimmel geweckt, und versetzte mich in lang vergang´ne Zeiten hinein:
„Heut vor 100 Jahren“:
Kindergeburtstag in Stuttgart:
Omi Mobbl wurde 4 Jahre alt.
Ich sah die Degerlocher-Oma mit ihrem 4 Monate alten Baby Paul vor mir, und auch Rehleins Opa Ferdl der auf den alten Fotos immer so rührend besorgt auf die kleine Omi Mobbl schaute, lebte noch – so jedoch leider nicht mehr lang.

Zum Rennen stellte ich mir ab 2013 rückwärts-zählend alle Geburtstage Mobblns vor: *Eine zierliche Frauenschrift schrieb in blasstürkisfarbener Tinte in ein ledernes Tagebuch mit leicht vergilbten Blättern, und je weiter man die Zeit zurückspulte, desto aufregender wurde das Leben. Ich drang bis zum 15. Juli 1952 vor. Mobbl wurde 42,* und so schön es auch gewesen wäre, - ich glaube kaum, daß die Mobbi mit sechs Kindern Zeit für´s Tagebuch-schreiben gefunden hätte?
Und doch hätte man sich das Leben leichter und schöner machen können, wenn man die ganzen Strohballen an lastenden und peinigenden Gedanken abgeworfen hätte. Mobbl hätte z.B. positiv denken oder sagen können: „Auch wenn es Mühe macht: Ich hätte gerne noch ein 7. Kind! Das Erikääle hilft mir ja so schön, und dann noch meine liebe Mami!"
Doch Mobbls Dauergroll gegen die Degerlocher Oma ließ sich nicht löschen, und verglomm wohl erst in den letzten Jahren ihres Lebens?

Über die Bea hatte ich auch heute nachgedacht:
Ich dachte darüber nach, *wie das Leben wohl geworden wäre, wenn die Bea meine Mutter wär?*
Meinem inneren Frieden zuliebe, müßte ich den Kontakt ganz abbrechen, und die Bea wäre total ratlos, und würde in verschiedenen Talkshows mit dem Thema: „Wenn Kinder den Kontakt abbrechen!" auftreten. Etwas, was der armen Bea ja vielleicht noch bevorsteht, denn der Rodger hat ja bereits einen Anfang gemacht.

Um viertel nach neun legte ich meine geigerische Handarbeit nieder, um einem Höhepunkt des Tages entgegenzuwirbeln: Dem Frühstück mit meinen Lieben.
Buz saß mit dem ZEIT-Magazin am Tischlein-Deck-Dich, und ein verklärtes Lächeln umspielte seine Züge, da Buz nämlich Sensationelles über die Fingertechnik, sprich „das Geheimnis des schnellen Spielens" herausgefunden hat, wie er nun geheimnisvoll andeutete, um wenig später lustvoll zu Details hinüberzuschwenken. Man lässt nämlich gar keinen Finger liegen!
Wie immer lief die Tierdoku aus Namibia, und das herrliche Wetter, auf das die Namibier abonniert zu sein scheinen, wärmte und erhellte auch unsere Wohnstube.
Ich erzählte, wie Buz als junger Mann rasend eifersüchtig auf uns Kinder war - etwas, das allerdings biologisch verständlich ist: Plötzlich saugt ein fremder Säugling, von dem man noch nicht einmal weiß, welche politische Meinung er dereinst wohl vertritt, an den prallen Melonenbrüsten seiner Liebsten! Da hätte man doch wirklich auch eine Amme bemühen können?!
Der reife Ming hindess ist aus diesem Alter lang heraus. Ihm geht es nur noch um Pröppis Wohl.
Ob die Susi dem Hartmut eigentlich ähnlich sähe? versetzte der interessierte Buz der Konversationsführung einen kleinen Hakenschlag.

Ob sie nicht ein bißchen sehr dunkel getönt sei? Man könnte meinen, sie sei vom „Ali um die Ecke" gezeugt, doch daß die Christa fremdgeht glaubt man kaum, und schon stak man in einem ansprechenden Gespräch über die Christa.
Ich sprach davon, daß die Christa doch wohl recht anmutig sei? Man könne viel von ihr lernen, und eine angenehmere Tante als die Bea seise allemal.

Vor meinem Fenster mähte Rehlein geräuschvoll den Rasen. Eine Wohltat, wenn der Lärm kurz unterbrochen wurde, entsetzlich, wenn es weiterging.

Mittags trommelte das süßeste Rehlein zum Mittagessen.
In schönstem Sonnenscheine saß man am Tischlein-Deck-Dich – Buz mit dem Hörer am Ohre.
„...da arbeitet man und verdient nichts", hörte man ihn sagen, so daß ich schon gemeint habe, er spräche mit Ming, doch es war Buzens Spezi Peter, der am Samstag seinen Sohn Gottfried unter den Pantoffel bringt.
Zu diesem denkwürdigen Tag wird Peters frischkomponiertes Streichquartett ur-, und vielleicht sogar einzigstmal aufgeführt, und von mir war ja vor einiger Zeit der lose Vorschlag gekommen, für diese denkwürdige und einmalige Vorstellung alle Feindschaften vorübergehend zu begraben, und das Werk zusammen mit Yossi und Herwig in höchster Qualität aufzuführen.

Rehlein wollte unbedingt, daß ich dem Peter sage, daß ich gerne mitgespielt hätte, und so griff ich zum Hörer und beflötete Bräutigammenvati Peter mit lieben Worten.

Rehlein erzählte Buzen plastisch davon, wie schön das Lindalein in Amerika wohnt. Doch mitten in dem großzügigen Haus lebt einfach ein anderes Ehepaar – und zwar so mittendrin, als hätten *wir* wiederum ein Ehepaar im Musikzimmer einquartiert. –Dann stellt man vielleicht noch ein Klo und eine Badewanne hinein, auf daß die Ruhe geben, und die Küche benützt man – auf klaren Regeln fußend – gemeinsam.
Dieses Ehepaar war vonnöten, um die horrende Miete zu stemmen, und so ist man gezwungen, die Küche nach jeder Mahlzeit auf´s piccobelligste wieder herzurichten, auf daß sie wieder aussehe wie in jenem Hochglanzkatalog, aus dem man sie einst bestellt hatte.

Am Nachmittag wollte ich Buz vor dem Televisor von seinem Gerechtigkeitsfall ablösen, da nämlich stets zwei Gerechtigkeitsfälle miteinander verbacken sind. Der eine Fall ist kaum zuende, da schmiegt sich nahtlos der nächste an, und beginnt augenblicklich derart fesselnd, daß man – grad so als habe jemand eine Tüte Kartoffelchips geöffnet – nicht mehr aufhören kann, daran herumzunaschen.

„Du brauchst jetzt nicht mehr zu schauen, denn du hast genug ferngesehen!“ sagte ich auf mütterlich-resolute Weise zu Buzen, während ich mir einen Karokaffee kochte, „du mußt jetzt üben, denn auf Dich warten ehrenvolle Aufgaben!“ Und zu diesen Worten schielte ich doch selber zum Bildschirm hin:
Eine 35-jährige blonde Dame erlitt einen Herzinfarkt, so daß sie sich auf ihre beiden Kinder Lena und Julian besann, deren Aufzucht sie dem Ex abgetreten hatte. Und während die Gefühle vom 9-jährigen Julian noch nicht ganz erkaltet waren, und somit wieder angeschürt werden konnten, gab sich die 16-jährige Lena unsympathisch, mißtrauisch und bockig – bestrebt, nicht allzu bald von diesem Gebaren abzurücken, in welchem sie sich auf unreife Weise zu positionieren suchte und zu gefallen schien.

Buz hatte eine milde und freundliche Ausstrahlung angenommen, und einmal führte er Rehleins Hand an seine Lippen, um sie mit einem Kuß zu behauchen.

Als Buz das Zimmer mal kurz verlassen hatte, erzählte mir Rehlein eine empörende Geschichte aus ihrem Leben: Über einen Amerikaner, der einst unseren Lebensweg gekreuzt hat:
Er rauchte, und wollte in unserem Wohnzimmer wissen, ob er wohl eine Zigarette haben dürfe?
„Nein, wir rauchen nicht!“ gab Rehlein klar und deutlich kund, doch Buz gab ihr durch unwirsch-

scheuchende Handbewegungen zu verstehen, daß sie doch bitte welche holen möge! „Mach mal!“
Der Gast habe Einfluß und sei wichtig.
Rehlein hatte zu diesem Zeitpunkt (in den 70er Jahren) soeben mit großer Mühe eine Bewerbung für Korea fertiggestellt, und Buz meinte, die bräuche sie nun nicht mehr auf die Post zu bringen. Der Gast reise nächste Woche nach Korea, und würde sie mitnehmen.
Doch so, wie´s an dieser Stelle doch wohl schon zu erahnen ist, hat man nie wieder etwas gehört.
Weder von dem Gast, noch aus Korea.

Abends schauten wir uns einen Film mit Helmut Krassnitzer an:
Ein Professor war bis zum Wahn in eine Studentin namens Natalie verknallt, und dann gelang´s ihm gar, das junge Ding, ungeachtet des gigantischen Altersunterschiedes von mindestens 35 Jahren, für sich zu erwärmen und in die Kiste zu locken!
Auf Jorberg-Art versuchte er nun, den japanischen Studenten „Tanaka“ loszuwerden, den er im Verdacht hatte, der Natalie Tag und Nacht nachzustellen.
Zum Schluß gestand die Natalie dem Professor, daß sie ihn nie geliebt habe, und nur wegen dem Diplom mit ihm in die Kiste gehüpft sei.
„Sie weiß nicht, was sie da redet!“← (bebend gedacht!) Mit diesem hilflosen und fassungslosen

Gedanken versuchte der Professor innerlich einen Sturz ins Bodenlose abzufedern…
Ich hätte immer ein Herz für Eifersüchtige gehabt, sagte ich mitleidig, und ohne an den Studenten Tanaka zu denken, doch Rehlein gefielen diese Worte überhaupt nicht, und auch Buz machte eine schmähende Bemerkung darüber, was ich wohl immer für ein dummes Zeug schwätze!

Denk ich nicht noch immer, daß ich mich dem irdischen Gewande lieber heut als morgen entschälen würde?
Im Falle meines heutigen Exitus´ fiele mein Sparguthaben von 760 € an Ming und seine kleine Familie.

Dienstag, 16. Juli

Sagenhaft schön. Warm und hochsommerlich

Ich wurde aus einem Traumgebilde gerupft, in dessen Verlauf ich das reale Leben vollkommen hinter mir gelassen hatte.
Im Laufe meiner Streifzüge in einer Großstadt wie Tokyo – in ruhigeren Stadtteilen, so jedoch smokdurchschwadeter Schönwetterlage, entdeckte ich morgens im Grase eine Uhr.

Mit dieser frischgefundenen Uhr suchte ich alsbald ein Pfandleihhaus auf, doch die Uhr hatte sich, ohne, daß mich dies nun groß gewundert hätte, *in ein altes Buch verwandelt, und das Buch wiederum entpuppte sich beim näheren In-Augenschein-nehmen ja doch nur als Broschüre über eine Moschée. Etwas, das man im Pfandleihhaus nicht brauchen konnte.*

Ich hatte Onkel Dölein eine Einladung zum Skypen geschickt.
„Wer bist Du? Und woher weiß man, daß Du Dölein heißt?" wurde der Onkel nun mit Fragen bescherzt, die er als zweijähriger einst selber gestellt hat.
„Wo bist Du??" weitete ich die Frage etwas später aus, da es mir höchst ungewöhnlich schien, daß Onkel Dölein mit seinem leicht gekrümmten Rücken offenbar *nicht* am PC abhing, wie in den vergangenen 20 Jahren unablässig?
Doch ich erwarte keine große Resonanz auf meine Briefe mehr – je stolzer und erfreuter ich über einen gelungenen Brief bin, desto unbeantworteter bleibt er im allgemeinen, und es ist Zeit, sich einzugestehen, daß sich ein Bekanntenkreis um mich geschart hat, der absolut nichts taugt.

Zum Frühstück erzählte ich den Erwachsenen ein bißchen von Trossingen:
Die eher kurz geratene Stadt habe die Form eines dicklichen leicht angewinkelten Beines mit einem

geschwollenen Knie, auf dem der Marktplatz erbaut wurde.
An diesem geschwollenen Knie entlang schlängelt sich beinesartig eine Einkaufsstraße entlang, die noch *vor* jener Stelle, wo normalerweise der Socken beginnt, mit einem Juweliergeschäft abgerundet wird, bevor sodann eine geschwungene Talstraße, die u.a. mit einem Wirtshaus gesäumt ist, in die Tiefe führt. Interessante Künstler haben der Stadt neuen Pepp verliehen: Auf dem Marktplatz steht ein drei Meter hoher beglatzter Mann mit herabgebogenem Kopf, der mit grenzdebilem Ausdruck im Gesicht ganz entgeistert auf den „unter ihm wuselnden" „kleinen Mann" draufschaut. Und an jenem Kreisl, wo man am anderen Ende in das Städtchen *hinein*gespült wird, haben Künstler drei eilige Figuren angebracht, die mit gehetztem Ausdruck immer nur im Kreise rennen. Ein Anblick, der wachrütteln und zur Umkehr bewegen soll, doch die meisten Eiligen, die nach Trossingen fahren, haben gar keine Zeit, diesen Anblick überhaupt aufzusaugen und zu interpretieren.
Buz hat niemals Heimweh nach Trossingen, während ich hi und da ein leises Bedauern empfinde, damals weggezogen zu sein, denn wäre ich geblieben, wäre ich mittlerweile in das pulsierende, grobkörnig internationale Leben dieser zur Zwangsmetropole aufgeblähten Kleinstadt hineingewachsen.
Eine Stadt, die sich ganz und gar der Musik verschrieben hat, und Weltstädten wie Paris, London

und Berlin nachzueifern scheint, - so wie ein kleines Hündchen seinem scheinbar unfehlbaren Herrchen.
Neben dem drei Meter hohen Herrn steht auch noch eine Littfaßsäule auf dem Marktplatz, die mit großformatigen Konzertplakaten der Weltstars beklebt ist: Z.B. einem Konzert mit Anton Steck, Barockvioline.
Rehlein erzählte wieder von ihrem fesselnden ungarischen Roman, in dem man lesen kann, was im Kopf eines jungen Fräuleins wohl so herumschwirrt?

Zsolt von Harsányi
Mit den Augen einer Frau

Einmal verschwand Buz nahezu grußfrei ins Musikzimmer, und das, wo Rehlein ihm doch eine besorgte Frage nachgerufen hatte, so daß man nun ja wirklich denken mußte, er sei womöglich ein Psychopath? – Kein Ohr für die eigene Ehefrau! Doch es war ja nur derothalben, weil Buz den Telefonhörer am Ohre hielt. Ming war´s!
Wieder hieß es von Seiten Mings, man solle den doch so mühevoll ausgefeilten Brief an die Ministerin vorerst nicht abschicken – und die Schlichtung habe ja Zeit bis September.
Buz ist immer froh, wenn man sich vorerst in ein warmes Wannenbad des „aufgeschoben ist nicht aufgehobens“ setzen darf.

Ich blieb bei Youtube am „etwas anderen Interview“ mit Matthias Kirschneroth hängen:
Die Fragen der „etwas anderen Art“ hatte Kalle Krämer, der landschaftsleibeigene Fotograf, ausgetüftelt. Dem Zuschauer wurden sie in Schriftform eingeblendet, und von „Kirsche“ wurde in der dritten Person gesprochen, während der sympathische Pianist selber, dessen Kopf mit den kleinen Röllchen auf der Hauptesoberfläche aus einem schicken Herrenhemd in die Höhe ragte, an einem Stehtischlein im Landschaftsfoyer stehend, wohldurchdachte Antworten gab:
Was rät der Pianist Kirschneroth jungen Pianisten?
Kirsche weiß, daß der Weg steinig wird, und rät, nie aus den Augen zu verlieren, um was es eigentlich ginge? Die Liebe zur Musik!
Ich erinnerte mich daran, daß er vermutlich ein Psychopath sei, und schaute interessiert auf die Psychopathenstirne drauf.
Gegen Ende des Interviews gab sich der Pianist etwas nachdenklicher, und einen kurzen Moment lang schien ein graues Wölkchen über das vom Sonnenschein gewärmte Antlitz des Strahlemann und „Schwiegermutters Liebling“ zu schweben.
Ist der Pianist Kirschneroth zuweilen einsam?
„Ja, sicher!“ sagte er, und dimmte das Strahlen zu diesen ernsten Worten noch etwas weiter hinab.
Die Verantwortung sei sehr groß, und darum liebe er auch die Kammermusik so.

Später gab´s ein köstliches Mahl.
Buz saß dröge vor dem Televisor.
Serviert wurde ein Nudelauflauf mit frisch herabgehobeltem Käse, dazu feinstes Möhren- und Fenchelgemüse, und ein kleines, aber feines graues Biowürstl, und zuvor, als Rehlein in der Küche noch gekonnt den Käse in die Speisen hineinhobelte, beknusperte und bebusselte ich ihren Armspeck ganz übermütig.
„Genau wie das Pröppilein!" rief ich, da sich auch das Pröppilein einfach so ins Bein hineinbeissen lässt, und freute mich darüber, daß Rehlein mich nicht unwirsch beiseite scheuchte, wie es womöglich so manch eine andere reife Frau im vergleichbaren Alter getan hätt´?

Vor dem Treppaufgang fühlte ich mich leider so matt an. Ich versetzte mich in jemanden hinein, der vor einem Reck steht, um mit einem ersten Klimmzug eine Übung für Deutschland oder aber für Ruhm und Ehre zu absolvieren, und konnte es nicht fassen, wie oder woher man nun die hierfür benötigte Kraft herbeizaubern solle?

Später stand mein geschwollener Fuß sehr im Mittelpunkt der Besorgnis. Rehlein schleppte riesige Kohlblätter herbei, um die Schwellung zu umhüllen, und mein solcherart verhüllter Fuß schaute aus wie

ein Klumpfuß, und wurde hinzu gleich kochend heiß, wie ein Flammfuß.
Es käme vermutlich vom Autofahren, versuchte Buz mit einer Vermutung zu punkten, doch Buz mit seinen Vermutungen punktet bei Rehlein leider nur selten.
„Hab ich dir schon gesagt, wie schön es ist, daß Du hier bist?“ sagte Rehlein warm zu mir, doch das mit dem Füßlein gefalle ihr gar nicht.
Dann wurde die Rede auf die Bea geschwenkt, die Rehlein bzgl. des Hauses mal eine Unterschrift abnötigte: Daß *ihre* Enkel im Falle eines Falles *auch* einen Anspruch auf das Haus hätten. D.h. stürbe Rehlein, - was Gott verhüten möge - so würde die Bea womöglich drauf beharren, daß das Haus verkauft, und der Erlös zwischen den bis dahin unzähligen Urenkeln aufgeteilt würd´?

Nur ein völlig undichterischer Einzeiler vom Hao hatte sich angesammelt:
Wie ist jetzt mit Octett-Probe?
(schrieb er dünngeistig und in schwachem Deutsch)

Donnerstag, 17. Juli

Zum großen Teil sonnig,
doch manchmal überzog sich der Himmel leider
in beige-bräsiger Tönung

Im Morgengrauen schmurgelte ich noch eine Weile lang im Bett, um mich weiter von meinen Sorgen erdrücken und zermalmen zu lassen.
Dann joggte ich los, und empfand es heute direkt ein wenig als Erleichterung, vor seinen Sorgen vorerst davonzustürmen. Meine Hauptsorge ist ja jene: Wie halte ich mein Konto gefüllt?
Und dann wird mich eines Tages das 99-jährige, von den Jahren zu einer bitterbös und unerbittlichen Frau erodierte Beätchen auch noch aus der Ofenbacher Behausung hinauswerfen.
„Du *<u>mußt</u>* *das Haus verkaufen!" appelliert sie durchs Skypeauge, und wedelt dazu derart wild und ungestüm mit dem Zeigefinger, daß er abzubröckeln droht.*
Ich joggte an jenem gebogenen Blätterhalm auf dem Poppinger-Weg vorbei, der mich immer an den Rücken eines Dinosauriers erinnert.
„Und wo soll ich denn bitteschön hin?"
„Darum hättest du dich früher kümmern müssen!"
Im Hohlweg hinter der Poppingerschen Villa joggte mir ein Jogger mit schwarzer Sonnenbrille entgegen, und wahrscheinlich wäre es direkt zu begrüßen, wenn er mich ermordet, dachte ich, als ich auf ihn zu

hoppelte, denn im Grunde kann ich´s doch kaum erwarten, mich dem irdischen Gewande zu entschälen, und all die Sorgen endlich hinter mir zu lassen.
„Guten Morgen!“ sagte der Joggende sehr freundlich.
Von diesem freundlichen Gruß besungen, besann ich mich darauf, daß im Leben doch auch viele freudige Überraschungen auf einen warten, und dies war vielleicht eine davon?
Der vermeintliche Killer entpuppt sich als freundlicher Morgengrüßolant, den das Schicksal meinen Lebensweg hat säumen lassen.
Ich griff das gestern begonnene Spielchen wieder auf, dachte mir Mobblns Leben rückwärts zurück, und kam heut bis zum 17. Juli 1918.
Mobbls kleiner Bruder Paul gewann immer mehr an Kontur, und die Degerlocher Oma wurde immer jünger und hübscher, auch wenn sie, an ihrer Nähmaschine sitzend, sehr viel weinte, da ihr ja der Mann hinweggestorben war.

Daheim trat das süßeste Rehlein aus der Haustüre.
Ich umarmte Rehlein innigst, und zeigte mit den Händen an, *wie* sehr ich mich auf Rehlein vorgefreut habe: nämlich soooo sehr.
Anders als andere Mütter, die meinen, ihre Tochter sei nun erwachsen und führe ihr eigenes Leben, gab Rehlein engagiert Tips, wie man wohl am besten aus Socken und Schuhen steigen solle, und riet zu einem Besuch im Duschhäusl.

Rehlein hatte bereits einen Tee aufgesetzt, und aus Rücksicht auf unser Familienoberhaupt sprachen wir ganz leis. Doch Buz saß bereits mit einem milden Willkommenslächeln im Gesicht am Frühstückstisch, und durch die purpurnen Trauben, und die warm getönten Marillen die aufgedeckt worden waren, wirkte der Frühstückstisch doppelt einladend und appetitlich.
Buz erinnerte daran, daß doch heut die Noten geliefert würden, und wir das Gatter öffnen sollten, und ich stellte mir vor, daß Buz sich vorstellt, daß ein riesiger Lieferwagen herbeifährt, um die großformatigen Oktett-Noten zu liefern.
Ich hatte ein bißchen Angst, der Hao könne sich im Laufe einer Bekanntschaft, die zur Stund noch nicht so richtig begonnen hat, in einen zweiten Yossi verwandeln: Das Bruch-Oktett möchte er Ton für Ton höchst gewissenhaft proben, dahingehend, daß alle Harmonien feinst aufeinander abgeschmeckt sind. Er scheint so viele Horchzellen zu haben, wie ein Polizeihund Riechzellen, und ist allein aus Prinzip niemals zufrieden.
Langfristig schwebt dem Hao vor, ein „Lang-Lang“ auf der Bratsche zu werden, zumal es bis jetzt noch kein Bratscher der Weltgeschichte geschafft hat, in aller Munde zu sein. Doch dies schwebt ja wiederum auch dem Wembo, und darüber hinaus allen Bratschern von ganz China vor.
Offiziell hat man zwar „nur die Musik“ im Herzen, und „die Liebe zur Musik“ auf den Lippen, doch

über den Rand seiner Liebe zur Musik hinweg, sieht man sich in Hochglanzmagazinen über den Wolken schweben und für eine Rolex-Reklame posieren.
Später scherzten wir über das Kirschneroth-Interview mit den „etwas anderen Fragen" von Kalle Krämer, und ich stellte mir vor, wörtlich dem gleichen Fragenhagel ausgesetzt zu sein.

Was rät die Geigerin Franziska König jungen Violinsten?

„Zu diesem Thema sind etliche Bücher geschrieben worden. Erst jüngst ein Buch von Gidon Kremer: „28 Briefe an eine aufstrebende junge Pianistin", die womöglich allesamt unbeantwortet geblieben sind, denn von einer Antwort ist nichts bekannt.
In blumigen Worten warnt der alternde Geiger vor den Gefahren des „Verheizt werdens", und so sehr ich die kunstvollen und dichterischen Ausformungen dieser Warnungen auch begrüße, so hätte man die Botschaft, der heutigen schnellebigen Zeit zur Huld durchaus auch verkürzt wiedergeben können, indem man beispielsweise auf Nicoles Hit „Flieg nicht so hoch, mein kleiner Freund!" hingewiesen hätte.
Eine Botschaft, die mir persönlich jedoch nicht so gefällt, auch wenn ich einen Großteil meiner Weisheit tatsächlich aus Schlagergesängen destilliert habe.
Aber nein, ich würde jungen aufstrebenden Violinisten zu ihrem Besten raten: „Kehr doch mal das Arschloch hervor!"
Darf ich noch etwas hinzufügen? Die Fragen die sie mir hier gestellt haben, waren doch allesamt völlig normal?!

Hausbacken und alltäglich! Derartiges frägt einen doch wohl ein Jeder!?
Eine „etwas andere Frage" wäre z.B.: „Behalten Sie beim Sex die Socken an?" (Nur ein Beispiel!)

Es ächzte im Gebälk.
Der süße Buz, der doch eigentlich alt ist und nicht mehr so gerne Treppen steigt, mühte sich zu mir herauf, um mir Fingeraufsatzfinessen beizubringen. Buz schien sehr gut gestimmt, und spielte zu Beginn aus Jux und Übermut den Anfang von der aufgeklappten Mendelssohn-Sonate vom Blatt. Allerdings mit ganz vielen überflüssigen Betonungen, und hinzu zählte er taktellartig mit seiner Pantoffelspitze.
Dann zeigte mir Buz kunstvoll, wie ich das Handgelenk entbuckele, und die Finger längs aufsetze, und zweimal imitierte Buz auf humorigste Weise die Schlange Kaa, wie sie jemanden hypnotisiert.
Einmal war Buz schon die ganze Stiege hinabgelaufen, und dann kehrte er doch noch um, weil ihm noch eine weitere Weisheit eingefallen war. Hat man einen weisheitsbefüllten reifen Menschen in der Familie, so kann man sich den Vortrag von Walter Kohl getrost sparen, freute ich mich.

Leider war meine A-Saite zerdröselt, so daß ich mich jetzt wie ein Orchestermusiker aus Minsk fühlen mußte, der einfach kein Geld für neue Saiten hat.

Mittags trommelte Rehlein zum Mittagessen.
Ein E-Mail Mings war gekommen:
Wieder kam etwas Bewegung in unseren Fall, indem sich die TAZ-Journalistin Kristina Ludwig gemeldet habe, in die wir soooo viel Hoffnung setzen.

Bald darauf wurde das Essen serviert:
Feinster, bulgurartiger Brei mit Rotkraut und grünem Elefantenohrsalat.
Buzen war ein Späßlein eingefallen:
Er buckelte seinen Handrücken unvorteilhaft aus, und zog dazu ein ganz bekümmertes Gesicht. Dann entbuckelte er es wieder, und lachte so süß.
Da tönte das Händi in Buzens Hosensack auf:
Julia Kim.

Frau Dieudonné hatte ein Brieflein geschickt.
In ihrem Hinterkopf wabert es leider immer mit, daß der Arzt zum Frank gesagt hat, daß man nicht mehr von Jahren sondern nur noch von Monaten spricht. Doch die Worte des jungen Arztes, der sich in der Rolle des „Nicht um den heißen Brei Herumredners“ gefallen hatte, beißen sich doch drastisch mit Frau Dieudonnés Bestreben, ihren Frank noch viele, viele, viele Jahre lang zu behalten und zu genießen! Nun weiß man gar nicht, was man mit so einem kümmerlichen Lebensrest überhaupt anfangen soll?

Einmal zeigte sich Rehlein in der Mittagshitze oben ohne, und Rehleins bleiche Brüste sahen aus wie Hefeteiggebilde, die man auf einem Backblech vielleicht etwas knuspriger backen könnte.
Buz schien all das gar nicht zu bemerken, und zum erstenmal in seinem Leben zeigte Buz auch keinen besonderen Eifer, zur Pressekonferenz nach Aurich zu reisen.
Ich erzählte vom Konzert mit Herrn Herberger, einem damals 89-jährigen Bratscher aus dem Südwestfunk, und man lachte: Sobald eine Stelle gefühlig wurde, stülpte der alte Herr eine Käseglocke drüber, und spielte so gefühlsneutral er überhaupt konnte. „Ich alter Mann werde in diesem Leben keine Gefühle mehr absondern!“ schien er einen Entschluß für sich gefaßt zu haben.

Fast hätte Buz die Dame Gerswind zum 50. Geburtstag angerufen, doch ich gebot dem Einhalt. „Mit denen sind wir doch verfeindet!“ erklärte ich, und erzählte, wie die Gerswind aus Prinzip nichts über den Zwist mit der OL zu hören wünsche, und hinzu wie selbstverständlich nie in unsere Konzerte kommt.
Die Friesenehre von Vater Bodo – „einen Friesen bläst der Sturm nicht um. Er bleibt bei seiner Meinung. Mit der Hand an der Hosennaht. Bis zum letzten Atemzuge!“ hat sie einfach kritiklos übernommen, und ausgerechnet sie, die sich doch stets ins gemachte Nest gesetzt hat, hat ganz starre

Prinzipien, wenn es darum geht, an hoher Stelle ein gutes Wort für jemanden einzulegen.
Doch das Ungute kehrte zu ihr zurück.
Man bat den Herwig, für ihren Mann Fritzi ein gutes Wort beim Concentus Musicus in Wien einzulegen, doch der Herwig tat´s aus Prinzip nicht.
Später erzählte ich den Erwachsenen plastisch, wie der Herwig in den Proben oftmals wutentbrannt die teuren Saiten vom Cello herabrupft, wenn das Cello nicht so will, wie er.
Dies tut er nach Art eines erbosten Ehemannes, der sich seiner schwatzhaften Ehefrau, die Dinge erzählt, die ihm nicht behagen, krebsrot vor Verärgerung in den Weg stellt. Mit der einen Hand drückt er ihr den Hals zu, und mit der anderen versucht er ihr die Worte aus dem Munde zu ziehen, um sie verärgert in den Müll zu pfeffern, wo sie seiner Meinung nach hingehören.

Einmal loste ich aus, mir den ersten Satz von Chaussons Quartett-Konzert anzuhören, und das interessierte, süßeste Rehlein leistete mir beim Zuhören Gesellschaft, und babbelte dazu ganz viel.
Fast war ich in Versuchung auszurufen:
„Du babbelst ja so viel wie Frau Kionczyk!“
Doch ich unterließ es und freute mich an meiner süßen Mama, die sich nun auf Buzen besann, den man zwingen sollte, sich das Bruch-Oktett auch einmal anzuhören.

„Statt immer nur fernzusehen!“ sagte Rehlein, und färbte das Wort „fernzusehen“ solcherart ein, als sei es auf der allerhöchsten Stufe der Ärgerlichkeiten anzusiedeln.

Ich besprenkelte Onkel Döleins Skype-Seite mit Schluchz- und Verwunderungs-Smilies zur Frage was wohl aus ihm geworden sein mag? Daß man so gar nichts von ihm höre, und daß er kaum noch online ist?

Abends bildete sich eine Erbse in meinem Oberkiefer rechts auf dem Zahnfleisch. Etwas, das „das Ende“ zu bedeuten schien.
Buz und Rehlein staken noch in einem Spät-Rummikub, und da beskypte uns Onkel Dölein überraschend doch noch.
Der Onkel durchs Skypeauge zeigte sich zwar eher unbeleuchtet und hinzu nur schwach aufgepixelt, so jedoch großformatig, und sprach zunächst etwas langatmig darüber, wie das wohl so sei mit dem Skype-Guthaben?
Skypen sei KOSTENLOS! trichterte er Rehlein intensivst ein.
Die Kommunikation war sehr mittelmäßig, da die Worte, die man so anbrachte, stets zeitversetzt ankamen, sich somit in die Worte des Gegenübers hineinzusetzen schienen, mit denen sie sich dissonant zu verquirlen drohten.

Ich riet dem Onkel, zum 80. Geburtstag vom Onkel Kläuschen herbeizureisen. Doch dies schien Onkel Dölein zu weit.
„Ich sollte vielleicht zum 80. Geburtstag vom Rainer nach Kanada fahren!“ sinnierte er stattdessen.
Schließlich kadenzierten wir das Skypat auch wieder ab, und das Strapsbändel der Kommunikation schnurrte tausende von Kilometern zurück in die Ofenbacher Stuben.

Buz spielte seine Franck-Sonate, und stand hierzu mit dem Rücken zu mir, leicht gekrümmt im Musikzimmer. Rehlein hatte sich bereits mit ihrem bewegenden Buch ins Bett retiriert, wo sie von mir noch gründlichst bebusselt wurde.

Freitag, 18. Juli

zumeist schön warm und sommerlich – doch abends knurrte ein Gewittervorbote am Himmel rum, und einen kurzen Guss gab es auch

Am Morgen spürte ich die Buchtel im Oberkiefer, und mußte somit darüber nachdenken, was sich daraus wohl erwüchse? Es könnte doch immerhin sein, daß es sich um einen rasend schnell wachsenden Tumor handelt, der nun in die Wange

einwächst, und mein Gesicht höchst unvorteilhaft verformt?
Jetzt hat man sich so schön für den Musikalischen Sommer vorbereitet, und kann seinem Publikum nicht einmal ein liebes Dankeslächeln für den zu erwartenden tosenden Applaus schenken.
Dennoch rannte ich jetzt im morgendlichen Sonnenscheine los.
Ein Traum von mir wäre es, hier und heut, jetzt in Ofenbach zu sterben, und mich hernach, leicht wie ein Lufthauch und unsichtbar zu meinen Eltern an den gedeckten Frühstückstisch zu setzen…
Und wenn ich dann zuende beweint worden bin, dann setzt sich für meine Lieben auch bald wieder der Alltag fort.
Kaum schläft Rehlein in der Nacht los, da erscheine ich ihr im Traum, weswegen es Rehlein gar nicht schnell genug gehen kann, den Tag absolviert zu haben, abhaken zu können, und endlich ins Bett zu steigen. Denn kaum liegt Rehlein drin, so komme ich als Geist, und bussel auf sie ein.
Ich lese all die Worte, welche die Bea zu meinem Ableben schreibt mit, und irgendwie geht´s auch ohne mich weiter.

Beim Frühstück gelang´s mir erfolgreich, mein Tumorleiden an den Erwachsenen vorbeizuschmuggeln, denn noch bemerkte man von außen keine Verbeulung an der linken Wange – höchstens vielleicht ein seltsam schiefes, unherzliches oder gar falsches Lächeln?
Buz im Eck wirkte so nachdenklich.

Rehlein berichtete über seinen Kopf hinweg, daß er heute schon sein Bruch-Oktett geübt habe, und es habe so schön geklungen, daß sie so begeistert war, und sogar das Musikzimmer stürmte, um ihm ein Kompliment zu machen, und der solcherart von gänzlich ungewohnten ehelichen Komplimenten bedachte, breitete - getragen von der Freude, in Rehleins Sinnen in einem neuen Lichte dazustehen - mit großem Eifer seine Idee aus, daß wir die Begleitstimmen so schön wie irgend möglich ausarbeiten sollten.
Buz fraß einen freudigen Narren an der Idee, das Klangewebe mit drei Violinen ohne die Hauptstimme kunstvollst auszuformen, auf daß der Koji vielleicht ganz verblüfft wäre, wenn er seine poetisch gesangliche Hauptstimme darüber ausbreitet.
Mehliges, schülerhaftes Streichergeknarze hätte er erwartet, und stattdessen betritt er einen gesanglichen Untergrund von einer Schönheit, den man auch ohne Solostimme hätte vorführen könne, ohne, daß auch nur ein vereinzelter, kritischer Hörer sein Geld zurückfordert?
„Es darf keinerlei Anflug von „Orchestermusikern" haben!" sagte Buz, und färbte das Wörtchen „Orchestermusiker" geringschätzig ein, weil er es nicht mag, wenn Orchestermusiker sich lieblos in den Sitz fleezen, um irgendwas vom Blatt zu fitscheln.

Die politische Situation der letzten Zeit hat Buz traurig und nachdenklich gestimmt.
Da sieht man im Film aus Namibia, wie man kleine Leoparden oder Äffchen liebevollst großzieht, während in Israel Leute totgeschossen werden – und an jedem Totgeschossenen klebt doch eine ganze Familie!
„Es ist zum Kotzen!“ sagte Buz verdrossen.
Buz telefonierte mit Julia Kim, und die Julia kommt am Dienstag Vormittag zum Proben, und am Dienstagabend wiederum habe sie eine Gelegenheit, in einem Ensemble mitzuspielen.
„Die arme Julia. Die lebt wirklich von der Hand in den Mund!“ sagte Rehlein bekümmert, und erzählte, wie die Julia im Frühjahr von ihren Eltern nach Korea zurückgepfiffen worden war, da es hieß, der alt gewordene, zirka 65-jährige Vater fühle sein Ende herannahen.
Doch der Vater war grad so wie immer, und dann gab er zu, daß er nach seiner Pensionierung einfach nicht mehr so recht weiß, was er im Rest des Lebens machen solle?
Auf die Idee, das Fräulein Tochter auf der Geige zu managen kam er aber nicht, und wenn man es ihm vorschlug, so verstand er es nicht.

Dann sprachen wir über Obst.
Besonders mit Äpfeln kennt Buz sich gut aus, da er einst in jungen Jahren wegen Apfelraubes vor Gericht stand.

Eine Horde grobbehauener Grebensteiner Jugendlicher, darunter Anwaltssohn Buz, schmissen mit Tennisschlägern nach den schönen gelben Augustäpfeln, und ein Amtsstubenbediensteter der zufällig des Weges kam, und den Frevel hautnahm miterleben mußte, erstattete Anzeige.
Daraufhin waren die jungen Burschen gezwungen, sich zum Gericht nach Hofgeismar zu bemühen, wo eine juristische Belehrung auf die Gestrauchelten wartete. Aber daß Buz keine gemeinnützigen Arbeiten verrichten mußte, glaubt man doch wohl kaum?
Ich erzählte Rehlein von meinem verdickten Stück Zahnfleisch, und Rehlein suchte nach Tinkturen. Doch all das, was wir besaßen, war bereits abgelaufen.
Ich bekam einen mit Mundwasser durchtränkten Wattebausch in den Mund gestopft, mit dem ich einfach unmöglich ausschaute!

Abends in Rehleins Zimmer.
Mit Schaudern versenkte Rehlein sich in jene Zeiten zurück, als ich geboren war, und Rehlein vier Wochen lang mit einer geschwollenen Wange am Kachelofen saß.
Und in jener Zeit borgte Buz einem Lover von einem 14-jährigen Mädchen aus dem erweiterten Bekanntenkreis einfach eine Geige aus, die er hernach niemals wiedersah.

Rehlein erzählte noch die wirklich empörende Geschichte von der Jugoslawin, der Buz jene Geige ausgeborgt hatte, die der Opa einst für das junge Rehlein gekauft hat. Die böse Frau aus dem Balkan wollte die Geige nicht mehr herausrücken, und warf sie Rehlein schließlich einfach vor die Füße!
Nach einer Weile betrat der süße Buz mit einem warmen Lächeln Opas gemütliche Schlafstube, in welcher Rehlein nun seit zwölf Jahren Opas Leben fortführt.
Buz hatte mit der Gertrud in Lübeck telefoniert, und zuvor hatte ich mir noch ausgemalt, daß sich die Gertrud 50 Jahre lang so glühend ein Engagement gewünscht hat, und plötzlich – mitten im Lebensabend – da kommt eins!
Doch leider traut sich die Gertrud dererlei nicht mehr zu. Sie sei mittlerweile alt geworden, und wäre im Ernstfall einfach zu aufgeregt.
Wegen meiner geschwollenen Wange wühlte auch der süße Buz vergebens in der historischen Hausapotheke herum.

Samstag 19. Juli

hochsommerlich und warm

Ich erhob mich mit einem völlig verformten Gesicht.

Mumps!
Wann, oder ob es jemals wieder abschwillt, stand in den Sternen.
Ich sah aus, als hätte mich eine Biene gestochen: Unter meinem linken Auge hatte sich eine „Teigtasche" gebildet, die man sich so etwa wie die aufgepumpte Wange eines Ochsenfrosches vorstellen darf. Prall gefüllt mit heißem Entzündungswasser.
Dies, so überlegte ich, ist nun wahrscheinlich *kein* simples Ödem mehr, sondern ein höchst aggressives Karzinom, und der Doktor Bogad mit seinem detektivischen Spürsinn, würde dahinter wohl eine schallende Ohrfeige vermuten, die ich aus heiterstem Himmel und hinzu völlig zu Unrecht gewischt bekam? Der Zugehauenhabende bestreitet die Untat vehement, und Zeugen gibt es keine.
Doch wie ist das eigentlich, so frug ich mich weiter, wenn man in einem hochverdrießlichen Traum eine unverdiente Watschen kassiert, die *eigentlich* einem anderen zugedacht war, der diese klatschende Orkanwatsch wirklich verdient hat?
Den Traum vergisst man bald, und das dem erlittenen seelischen Schmerz geschuldete verformte Gesicht bleibt ein Rätsel.
Die Entzündungsschmerzen waren allerdings nach einer Weile etwas hinabgedimmt, so daß ich rennen konnte, und so stürmte ich wie alle Tage den Echosaumweg.

Etliche Weinbergschnecken waren zu solch früher Morgenstund´ bereits unterwegs, und als ich heimkehrte stand Buz in seinem Schlafrock auf der kleinen Terrasse, und schnitt sich die Zehennägel.
Nein! Heute wäre es mir wohl kaum noch gelungen, die verschwollene Wange an den Erwachsenen vorbeizumogeln.
Zwar durfte ich mein verformtes Äußeres beim Frühstück wenigstens ein bißchen vergessen, doch bei späteren Blicken in den Spiegel mußte ich doch sehr schlucken, und hinzu an die Eltern von „Zwerg Nase“ denken. Daß meine Eltern eine so häßliche Frau überhaupt lieben können, konnte ich mir beim besten Willen nicht vorstellen. Sogar mein linkes Nasenloch war in Mitleidenschaft gezogen worden, und wollte sich nicht mehr so recht mit dem anderen mischen.
Wäre mein Gesicht im Kunstunterricht gebastelt worden, so hätt´s dafür allenfalls einen Vierer gegeben, denn selbst als "moderne Kunst" taugte es kaum. Der linke Nasentunnel war viel größer als der rechte, und der Torborgen herum viel dünner, grad wie bei einer Uralten.

Ich bettete mich mit gefrosteten Kohlblättern auf der Wange im Musikzimmer auf den Diwan, legte ganz viel Hoffnung in die bröselig-gefrosteten Blätter, und schaute dazu Rehleins Gemälde an.
„Eri 2010“ las man ganz klein und fein auf einem in Öl gepinselten Flügel an der Wand.

Ich freute mich über das schöne Bild, aber tatsächlich ist es sehr schwer, dem Leben noch etwas abzugewinnen, wenn einen die Gesundheit verlassen hat.
Seltsam hungrig fühlte ich mich auch.
Auf rührendste Weise hatte das süßeste Rehlein so nett kleine Kissen herbeigeschleppt, und ich als Liegende lauschte Buzens Bemühungen auf der Violine.
Buz versuchte, sich das Bruch-Oktett untertan zu machen, und Rehlein hatte einmal frischen Mut geschöpft, daß dies vielleicht einer der vielen Höhepunkte im Musikalischen Sommer wird?
„Wenn schon die dritte Geige so toll klingt!" begeisterte sich Rehlein.
Ich aber fand, daß Buz leider nur mittelgut spielte, und sprach ihn auf sympathischer Laienebene ungezwungen darauf an, daß die Akkorde nicht so spitz, sondern lieber heroisch klingen sollten.
Buz tat zwar so, als zögen meine Worte durch seine Ohren hindurch, doch beim nächsten Mal färbte er die Akkorde etwas anders und hinzu deutlich bodenständiger ein.

Wir setzten uns an den gedeckten Tisch, und Buz äußerte die unschöne Vermutung, meine Gesichtsverformung könne auf einen kranken Zahn zurückzuführen sein.
Rehlein & ich versuchten diese Worte durch Gegenworte zu zersetzen.

Doch was, wenn Buz am Ende recht hat?

Einmal rief der Franz aus Taiwan an, und es ging um ein Thema, das dem Franz sehr am Herzen liegt, während die Psychopathen um ihn herum vielleicht kurz ein interessiertes Gesicht dazu aufsetzen, um Franzens Herzensangelegenheit alsbald zu vergessen?
Mit seinem weisen alten Lehrer wollte Buzens emsigster Jünger nun beratschlagen, in welche Hände das geigerische Geschick und Gedeih´ seiner einzigen, mit 16 Jahren mittlerweile zu einer jungen Dame herangereiften Tochter wohl zu legen wäre, denn der kluge Franz weiß: Noch lassen sich wichtige Weichen stellen, und in ein, zwei Jahren ist´s womöglich zu spät?

Im Badspiegel mußte konstatiert werden, daß sich auf meinem Zahnfleisch ein gigantischer, blunzefarbener Berg gebildet hat, von welchem man allenfalls durch brutale Absäbelungen wieder loskäme.
Später besuchte mich das aufmerksame, süße Rehlein mit einem Pampelmusensaft und leisen Vorwürfen, daß ich schon wieder so lange nichts getrunken habe.

Buz am Tischlein-deck-Dich auf der kleinen Terrasse beschmökerte ein Buch von Sir Yehudi Menuhin.
„Das muß ich dir kurz vorlesen – das ist zuuu lustig!“ sagte er auf Buzesart vergnügt zu Rehlein.

Doch Rehlein war grad nervös und tadelte Buz hinzu, wie er das Buch schon wieder einfach nach hinten abgeknickt habe, und dann entfernte sich Rehlein auch schon eilendst.
Ich hindess blieb kurz sitzen und hörte mir an, was Buz zu lesen hatte:
Leonard Bernstein dirigierte die Eroica.
(„Ich vergöttere ihn!" schrieb Sir Yehudi pathetisch.)
Im langsamen Satz habe der Dirigent gelitten, wie einst JESUS am Kreuze.
Auf den Gesichtern der beiden Trompeter indes, die das Werk mitbliesen, las man nichts als die Vorfreude auf das „Bierchen danach", schmähte der Menuhin mit seiner abgehobenen Musikalität einfach drauf los, und hinzu ohne zu bedenken, ob man jemandem eventuell Unrecht tut? Dies schrieb er, um auch augenblicklich ein paar Schmähungsbriketts nachzulegen, und den kleinen aber feinen Unterschied zwischen jüdischen und nichtjüdischen Musikern etwas gewollt hervorzuheben.

Leider schwoll mein Gesicht nicht ab.
Ich bestempelte mich selber mit einer ersten verharmlosenden Verdachtsdiagnose: Ein Grützbeutel - und wollte Buz dazu animieren, mir in der Apotheke eine Zugsalbe zu kaufen. Doch sowohl Buz als auch Rehlein glauben je kaum, daß die Zugsalbe etwas im Munde zu suchen habe.
Somit googelte ich ein wenig herum, und dummerweise befinden sich die Grützbeutel eher *auf*

dem Kopf, so daß ich gezwungen war, die Verdachtsdiagnose in einen „Abszess“ zu verändern. Nun erwogen wir herum, am Montag die junge Zahnärztin Gerda Sigmund in Eichbüchel aufzusuchen, und Rehlein wollte mich sogar animieren, ihr auf Band zu sprechen.
Der Dr. Bogad als Dorfheiliger hat von seinen dankbaren Patienten fünf Sterne bekommen, und *ihn* aufzusuchen stellte natürlich auch eine Option dar.
Rehlein hatte ganz viele Ideen parat, was dem Doktor wohl zu sagen sei?
„Sag, du hättest schlechte Erfahrungen mit Zahnärzten gemacht!“ regte Rehlein an, auch wenn ich noch nie schlechte Erfahrungen mit Zahnärzten gemacht habe.

Nach einem lang abgelaufenen Aspirin ging´s mir besser. Zuweilen vergaß ich das Leiden, und nur wenn ich in den Spiegel blickte, wurde ich unsanft daran erinnert.

Endlich aßen wir heute wieder auf der großen Terrasse, und der Tisch war über und über mit Köstlichkeiten bebeigt.
Ich erzählte den Erwachsenen sehr plastisch von meinem Besuch in Bad Salzuffeln, wo unsere Freundin Mika mit ihrer Kusine Christiane eine Weile lang bei Onkel Theo und Tante Didi residierte. Die Tante Didi bedachte ich mit höchsten Worten, doch auf den armen Onkel Theo wiederum mußte

leider ein Schmählied gesungen werden: Er ist steinalt, raucht übelriechende Bahnhofszigarren die einen fettigen Qualm absondern, strahlt unverhohlene Altersgrämlichkeit aus, die jede Stimmung verdirbt, und erinnert mich hinzu an den Reich-Ranitzky, bloß leider ohne dessen Bildung und scharfen Geist.
Um diesen Ehemann mit abgelaufenem Haltbarkeitsdatum ist die Tante Didi nicht zu beneiden.
Zu diesen Worten bog ich meinen Kopf nach rechts, um auf Buzen draufzuschauen, und empfand den Gedanken als lustig, Buz könne in 20 Jahren unverhohlene Altersgrämlichkeit absondern und übelriechende Zigarren rauchen.
Mikas Kusine Christiane sei von dem Zigarrenqualm fast schlecht geworden, fuhr ich in meinem Bericht fort.

Am Nachmittag legte ich mich wieder zehn Minuten lang auf´s Ohr, und empfand´s als so überaus wohltuend.
Buz widerum ergötzte sich an einem Fall „Im Namen der Gerechtigkeit“, doch ich schaute mir nur den Anfang an, da es mich zu meiner Violine ins Dachgebälk zog:
Ein junger Mann, der in eine Verkehrskontrolle geraten war, gab sich überfreundlich. Leider hatte er seinen Führerschein vergessen, und im Kofferraum lag die Leiche seines besten Freundes.

Doch dann verfiel ich auf der Eckbank in einen süßen Schlummer. Nachdem ich ausgeschlummert hatte, und mich wieder ans Tageslicht zurückblinzelte, blickte das süßeste Rehlein auf mich drauf.
Rehlein freute sich so rührend, daß ich ein bißchen geschlafen hatte.
„Wollen wir jetzt unseren Kaffee trinken?" regte Rehlein herzlich an.
Mein Abszess im Mund war ein wenig eingerissen, denn ein Zahn war ganz blutig.
„...aber darauf habe ich ja gewartet!" vermerkte ich in jäh aufwallendem Frohsinn, dieweil es ja vielleicht bedeutet, daß ich doch nicht zur Zahnärztin muß, und die gesundheitliche Scharte einfach von der Natur wieder ausgewetzt wird?
Wir ließen uns wieder auf der großen Terrasse inmitten all der Traubenpracht nieder.
Rehlein stieg zuweilen auf die Leiter, um fachkundig ein paar Blätter abzuknipsen.
Wie ein pralles Wein-Euter hing ein besonders üppig bestücktes Teil in dem Federballnetz das ich beschafft habe.
Wir aßen Rehleins köstliche Muffins, von denen es geheißen hat, äßen wir pro Tag nur einen, so reiche dieser Hochgenuß bis zum Sonntag.

Am Abend wurde in Ofenbach ein doppeltes Remmidemmi erwartet: Der Nachbarsohn Erik feiert seinen 30. Geburtstag, und die Bürgermeisterin

Heidi wiederum im Dorfgasthaus „Zur Burgenländerin" den 50. mit sage und schreibe 200 Gästen, so daß es mit Sicherheit ein riesengroßes Parkplatzproblem geben würd.
„Was die Leute für ein Geld haben!" rief Rehlein aus.

Meine jähe Mumpserkrankung ließ nach.
Allerdings immer nur so lang, bis man wieder in den Spiegel blickte und sich an seinem verformten Äußeren herumgrämen mußte. Doch irgendwie hatte ich auch aufgehört, mich zu grämen, und mich damit abgefunden, alt und häßlich zu werden.
Wir freuten uns auf das Tschaikowsky-Konzert mit Martha Argerich in 3sat vor, und in der verbliebenen Zeitspanne bis dahin las Rehlein sehr interessiert den verbittert-arrogäntlichen Brief, den Gidon Kremer an die Festival-Leitung von Verbièr geschrieben hattc.
In vielen Punkten pflichtete Rehlein dem Gelesenen bei - bis auf einen:
Daß Gidon K. sein Festival in Lockenhaus als etwas ganz und gar Ungewöhnliches hinzustellen trachtete. (Ungewöhnlich wie die „Fragen der etwas anderen Art" von Kalle Krämer? Hahaha, da lacht man doch wohl?) Uns jedenfalls waren die Lockenhauser-Kammermusiktage höchst gewöhnlich erschienen. Mehr noch: Erschütternd gewöhnlich!
Lauter internationale Stars oder Sternchen, die sich zu losen Kammermusikgruppen formiert, in welt-

männischem Gebaren ungeübte Werke niederspielten, und auf die Dummheit und Simplizität der gemeinen Landbevölkerung bauten.
Mehr als 30 Jahre nach unserem ersten Besuch in Lockenhaus, ließ Rehlein in einigen eher wenig schmeichelhaften Sätzen Erinnerungen an Rivka Golani-Erdesz aufleben, einer rothaarigen, rockstarartigen Bratscherin mit einer einprägsam verformten, geradezu E-gitarrenartig ausschauenden Bratsche.
Nicht genug damit, daß sie wichtigtuerisch und mit verruchtem Beiklang Bratsche spielte, sie hatte auch noch ein paar Bilder gemalt, die in schrillen Farben großformatig an den Wänden hingen, und auf Käufer warteten.
Bald darauf begann das Konzert in 3sat, dem man bei aller Freude doch sehr entgegengebangt hatte, da es ja heißt, die Martha würde oft in letzter Sekunde absagen, doch heissa! Sie hatte nicht abgesagt, und spielte ihren Tschaikowski hinzu sagenhaft!
Und doch machte Rehlein, bevor sie überhaupt losgespielt hatte, eine Bemerkung über ihre Figur:
Sie sei dick geworden. Dick und grau.
Doch unter den Pfunden und den ergrauten langen Haaren schimmerte ja doch noch die alte Martha durch, in die der junge Buz einst so verliebt war.
Der Dirigent wiederum - wenn man den kritischen Anmerkungen der Erwachsenen glauben wollte - war wohl nicht der Vorbildlichste, und das Orchester mit einer stoppelfrisurigen jungen Dame am Pult der Konzertmeisterin, spielte leider sehr flachbrüstig, so

daß das feurige Spiel von Martha A. sich auf einem eher kümmerlichen Boden entfalten mußte, wo noch sehr viel Luft nach oben gewesen wäre.
Ich scherzte herum, daß dieser Dirigent wohl der Kellner vom Eiscafé Venezia in Verbièr sei, da man leider sparen müsse. Ihm habe man ein Stöckchen in die Hand gedrückt und vorgeführt, was ein Dirigent so zu machen habe: Den Stock telegen im Takt der Musik schwingen, oder aber eine Augenbraue heben, vereinzelte Musiker streng mustern, einen Finger beschwichtigend an die Lippen legen, wenn den Musikanten der Gaul durchginge, und vieles mehr.
Der prasselnde Applaus gegen Ende der Darbietung machte die Martha verlegen und unfroh.
„Daß man sich dererlei immer wieder antun muß!" dachte sie, in eine Wolke misantropischer Verdrossenheit gehüllt. Sie verbeugte sich sehr tief und schnell, und schließlich spielte sie dann doch noch eine schlichte Kinderszene von Schumann, so wie es von ihr erwartet wurde.

Angefeuert von diesem schönen Kunstgenuß musizierte der süße Buz im Musikzimmer seine Franck-Sonate noch mal so schön.
Buz später zu mir: „Würde dieses Stück dich nicht auch mal reizen?"
„Überhaupt nicht", sagte ich, dieweil es ja Buzens Lied ist, und kein Geiger auf der Welt es jemals so hinbekäme wie Buz.
(Und ich schon gar nicht.)

Sonntag, 20. Juli

Die Erwachsenen stöhnten sehr über die Hitze.
Schön warm. Nur Abends überzog es sich,
und es wehte ein frischer Wind

In der Nacht hörte man in der Ferne die Party-Gäste lärmen: Schrille Lachsalven, derbe Niederösterreicherinnen und gedämpfte Jahrmarktsmusik.
Ich dachte mir aus, wie es mit der Martha Argerich nach dem gestrigen Tschaikowski Konzert wohl weitergegangen sein mag?
Nichts wie weg!
Die Martha versucht, das Konzert mit diesem Dirigenten so schnell wie irgend möglich wieder zu vergessen.
Später sitzt sie dann im Lotussitz auf ihrem schönen Baldachin-Bett, läßt sich von ihrer Haushälterin einen dampfenden Kakao bringen, und krault vielleicht das kleine, weiße Hündchen mit dem beflissen, beamtlichen Ausdruck im Gesicht, und der zierenden rosa Schleife auf dem Haupt, das sie sich gegen die merkwürdige Leere in ihrem Leben angeschafft hat.
Sodann erhob ich mich zu meinem Morgengetrimme in schönstem Sonnenschein.
Leider schaute meine eine Gesichtshälfte noch immer stark verformt aus. Mehr noch: Ich sah direkt so aus, als habe ich einen leichten Gen-Defekt.

Mings Wohnung oben hat zuweilen so einen nach-tschernobyl´schen Beigeschmack für mich:
Jemand verließ seine Wohnung und kehrte nie wieder.
Und beim Wassertrinken in Mings Küche sah ich sodann, daß der Kalender an der Pinnwand im April 2004, vor mehr als zehn Jahren, zum letzten Male umgewendet worden war.
Beim Grieg-Üben wenig später stürmte Rehlein das Ashram und rief munter: „Stopuhr ausschalten!“
Das süßeste Rehlein hatte bereits das Frühstück auf der Terrasse aufgebaut.
„Ich hab heut schon was ganz Tolles gemacht!“ verriet Rehlein ganz gnitz, und lockte mich zu diesen Worten ins Bad.
Rehlein hatte die Ausfüllbögen vom Landgericht Hamburg mundgerecht hingelegt. Einen Kugelschreiber hinzu, und Buzen aufgefordert unverzüglich seine Hausaufgaben zu erledigen.
„Hat er auch brav gemacht!“ (sagte Rehlein.)
Wieder eine Lästigkeit vom Tisch gefegt.
„Das wird jetzt belobigend beim Radax ins Klassenbuch eingetragen!“ rief ich aus, als Buz die Bühne des Tages betrat, und da fiel mir auch schon wieder eine Neuerung für die Neuzeit ein. Vor Rehlein dran tat ich direkt so, als sei dies bereits erfunden und beschlossene Sache:
Früher wurde man ständig „mit Tadel“ ins Klassenbuch eingetragen. Die ganzen Klassenbücher quollen regelrecht über von den vielen Tadeleien.

Doch heut wird´s gewürdigt, wenn jemand etwas Gutes gemacht hat:
„Wurde mit Lob ins Klassenbuch eingetragen!“ so liest man beifällig und froh.

Als dreiköpfige Familie saßen wir unter der Rebenpracht und in Frühstücksbehagen eingehüllt auf der großen Terrasse.
Buz gar mit seinem malerischen, roten Käppi aus Ephesus auf dem Haupt.
Wieder sprachen wir über die Martha Argerich:
Rehlein hat aus ihrer Mimik gestern so viel herauslesen können, dieweil sie doch im selben Alter steckt: Z.B., daß die Martha keine Lust gehabt habe, eine Zugabe zu geben.
Sie habe dererlei einfach nicht mehr nötig.
Doch der eifrige Dirigent – der Kellner vom Eiscafé Venezia - zeigte kein Gespür für eine alternde Dame, und nötigte sie regelrecht hierzu!
Er applaudierte hündchenhaft und deutete aufdringlichst auf den kleinen Klavierschemel!
„Daaa setzt Du Dich jetzt hin!!! Daaaa isch dei Körble!“ schien seine Körpersprache auszudrücken.
So zumindest mag´s in Marthas Hirn angekommen sein?
Wieder machte Buz ein kleines Späßle, und schaute so goldig dabei aus. Er buchtete sein Handgelenk für einen Geiger unvorteilhaft aus und machte einen ganz bekümmerten Blick dazu – ähnelnd dem

Ausdruck auf der Gesäßregion eines Tobias Knopp, kunstvoll eingefangen von Wilhelm Busch.
Dies brachte uns konversatorisch auf die Spur einer Beate Lerch, die – obzwar unserem Bekanntenkreis lang entsogen - ihre Spuren hinterlassen hat, und ich erzählte die traurige Geschichte von ihrer Faust (der Keimzelle vollendeten Violinspiels), die in ihrem Falle in geballtem Zustand leider schief auf dem dünnen, haarigen Armstengel saß.
Einmal klingelte die damals etwa 17-jährige Beate bei uns Sturm: Die Faust saß leicht schräg auf ihrem angewinkelten Armstengel, und die Beate sah so traurig aus: „Der Herr König will, daß die Fauscht obö drauf isch, und bei mir schauts soooo aus, huhuuuuuhhh!" drohte sie in Tränen auszubrechen.
Doch Rehlein konnte da mit anderen Erzählgeschossen aufwarten:
Wie der arme Ming einst den Koffer von Beate Lerch, der so schwer war, als sei er mit Wackersteinen befüllt, die steile Treppe hinan in sein Zimmer hinauftragen mußte, da es ganz so ausschaute, als wolle Beate Lerch zum Zwecke der Vervollkommnung ihres Violinspiels nun für unbestimmte Zeit bei uns einziehen. Doch eines Tages wurde ihr ein Zimmer bei einer alten Dame in der Nähe angeboten, und so mußte Ming den schweren Koffer wieder hinabschleppen.
„Der wurde wirklich wie ein Knecht behandelt!" stöhnte Rehlein dem Geschehen verärgert hinterher.

Grad so, als wären sie nie gefallen, reagiert Buz auf solche Worte nie. Ebensowenig wie auf jene, wie die geizige Beate L. Rehlein um Milch bat, („Frau König?! Kann i ö Milch hänn? Dös isch g´sund!“) und das, wo sie doch direkt gegenüber von der Frau Milchbold, Inhaberin eines kleinen Milch- und Käse-Geschäfts in der Glupe/Aurich Quartier bezogen hatte.

Gerührt schaute ich auf das süßeste Rehlein in ihrem grünen Tulpenhut drauf.

„So haben wir Rehlein kennengelernt!“ rief ich aus, und erinnerte mich, daß Rehlein seinerzeit damit nach Afrika gereist war.

Leider gibt es keinen Afrika-Report, so jedoch lebhafte Erinnerungen und Erzählungen.

Rehlein z.B. fand Sex damals so genierlich, auch wenn sie von der Bea dazu ermuntert wurde, zur Abwechslung auch mal mit einem Mohren in die Kiste zu hüpfen, während Rehlein der lebensfrohen und unbekümmerten Bea einen sog. „One-night-Stand“ vereitelte.

Ob das damals gefährlich gewesen sei? wollte Buz wissen. Nein.

Und somit war man in einem neuen Themenhafen eingelaufen: Aids: über 100 000 Tote bereits in diesem Jahr – so will man im Radio gehört haben.

Doch was soll man darauf bloß sagen?

„Ja, wenn das im Radio so kam, so wird’s wohl stimmen“, hätte man vielleicht sagen können.

Neben dem Rebstock sah man ein so wunderschönes güldenes Spinnweben im Sonnenlicht glitzern, das vor meinen Augen in einen trostlosen Staubfetzen zusammengeblasen wurde! – Es, das doch kurz zuvor mit so viel Mühe kunstvollst zusammengewoben worden war.

Buzen wurde es zu heiß, so daß er sich selber an jene Gestalten in den Romanen von Sommerset-Maugham erinnerte, die in fernen Ländern immer nur dröge herumsaßen, und sich von den Dienern einen Drink nach dem anderen mixen ließen.
Später übte Buz seine Debussy-Sonate, und zu diesen göttlichen Klängen erzählte ich Rehlein von ihrem Vetter Frank in Kiel, der einen schrecklichen Fahrradunfall hatte (Eine Geschichte, in der Glück und Unglück einander in rasender Form abzuwechseln schienen):
Er raste auf dem Fahrradweg einem neuen Glück(?) entgegen, und stürzte in vollem Tempo vom Rade. (Unglück)←natürlich!
Die Lenkstange schnitt ihm quer durch´s Gesicht, doch nur über das Auge hinweg tat sie einen kleinen Hopser, und das Auge blieb durch ein großes Wunder verschont. (Glück im Unglück)
Und doch blutete er wie Sau.
Die Wunder schienen jedoch nicht abreißen zu wollen, denn direkt dort, wo der Unfall geschehen war, befand sich ein kleines Ambulatorium, (Glück) das aufzusuchen sich der Verunglückte nun an-

schickte. Doch vor dem Ambulatorium fand soeben ein Amoklauf statt: Eine in der Liebe enttäuschte Frau schoss um sich, und Herbeikömmlinge wurden von Polizisten und anderen beherzten Personen wieder hinweggewimmelt. (Unglück)
Doch nebenan befand sich eine Zahnarztpraxis, und in diese rettete sich der Blutüberströmte mit letzter Kraft.
Die junge Zahnärztin erwies sich als echter Engel. Ohne Worte zu machen, begann sie unverzüglich zu nähen, und nähte so fein und schön sie konnte, bis der Frank wieder hergestellt war, und seine Reise durchs Leben auf seinem verbogenen Velo fortsetzen konnte. (Ein frohstimmendes vorläufiges Ende einer traurigen Geschichte.)

Später übte ich wie alle Tage im Ashram auf meiner Violine.
Einmal raschelte es:
Buz suchte ein Metronom, um das Bruch-Oktett gescheit zu feilen, und Rehlein brachte mir eine so köstliche Mixmilch mit Banane und Waldbeere, und blieb noch eine Weile als Ashramsgast haften.
Wir sprachen über Omi Mobblns Schambeinbruch, den sie sich einst Dusche zuzog, als sie in der Wanne tragisch ausglitt, und beim Gedanken, daß sich Rehlein vielleicht auch einmal durch einen unbedachten Schritt den Oberschenkelhals oder sonst etwas bricht, ging´s mir direkt wie Kirsche in einem Interview:

„Wenn hinter all dem nicht eine höhere Macht stünd, „da würd mir kalt vor Entsetzen!““ (habe der neue Intendant aus seinem gemachten Nest heraus gesagt.)

Bald darauf aßen wir zu Mittag. Rehlein hatte so köstliche Salate zubereitet, und dazu gab´s Fischstäbchen.
Ich scherzte über jene Fischstäbchen, die der Yossi so gerne ißt, und die einfach aus Schweinefleisch gemacht werden, und Rehlein tunkte die Schöpfkelle der Erinnerungen wieder ziemlich tief hinab, und berichtete, wie der Yossi immer so unerhört viel und gerne Schinken gegessen habe.
„Was passiert, wenn ein Jude Schweinefleisch ißt?“ erkundigte ich mich neugierig.
„Dann ist er kein Jude mehr!“ meinte Rehlein. „Die Vorhaut wächst ihm wieder nach – der Wolf hat gar nicht gelacht…“
Ich schaute auf Wölfleins bleiche und dünne Ärmchen, und so kamen wir auf Frieda Schumann zu sprechen, Buzens alte Violinlehrerin, die noch bleichere und dünnere Ärmchen gehabt habe.
Später erzählte Rehlein, daß sie den jungen Ming extra Omis mahnenden Worten zur Huld nur jedes fünfte mal, wenn ihr danach zumute war, durchknuddelte, und dies, wo der kleine Ming in seinem Bettchen hinter dem Schrank, einst vor freudiger Erwartung, gleich in die Höhe gehoben zu werden, bebte!

Omi Ella jedoch warnte vor der Gefahr, daß ein Sohn schwul werden könne, wenn man ihn zu oft küsst.
Unfassbar wäre es natürlich gewesen, wenn Ming trotz dieser abgespeckten mütterlichen Liebesbezeugungen- und -beknuddelungen schwul geworden wäre.

Rehlein und ich erzählen uns zuweilen Geschichten, die wir je eh schon kennen. Ich beispielsweise jene von Li-Shue-Yings Sohn „Po-po“ der stets seinen ganzen Mut bündeln mußte, um seine Mutti zu fragen, ob er etwas im Fernsehen anschauen dürfe.
„Tsching dschiang tsching tsuu!“ sagte die Li-Shie-Ying, statt einer Antwort streng.
Zu Deutsch: „Nuschel nicht so – sprich bitte deutlich, und sieh´ mich dazu an!“

Ming hatte einen Zeitungsausschnitt geschickt:
Star-Cellist Jan Vogler springt für Midori ein so las man, und stellvertretend für alle Friesen hörte ich den Namen „Jan Vogler“ das erste Mal.
Sich bloß nicht diese Blöße anmerken lassen, beschloß die Gretel in mir, und verankerte Jan Vogler fest in ihrem Bildungs-Doc, ohne überhaupt jemals einen Ton von ihm gehört zu haben.
Später tranken wir Tee auf der großen Terrasse.
Wieder sprach Buz davon, daß Rehlein so kregel ausschauen würde, und ich ihr nacheifern, und Gymnastik betreiben möge.

Ich war plötzlich so gerührt, daß Buz mit diesem Vorschlag doch sicherlich gehofft hatte, offene Türen bei Rehlein einzurennen?
Und das Thema „offene Türen einrennen“ diente nun dem Modulationsfortsatz der Konversation.
Ich erzählte die Geschichte, wie Franziska H. einmal gehofft hatte, offene Türen bei Buzen einzurennen, als sie vorschlug, Fingerkuhlen am Bogen anzubringen, so daß die Finger nicht immer so auf der Stange herumrutschen, wenn man vielleicht etwas schwungvoller streicht? Doch dann war sie tief beschämt, als Buz über die Feinheit der Fingerarbeit bei der Bogenführung sprach. Mit Fingerkuhlen am Bogen könne man selbigen einfach nur so hin und herziehen, so daß alles gleichmäßig und schülerhaft klänge – und mit Buzens fein ausgetüftelter Bogentechnik wiederum ließen sich die raffiniertesten und feinsten Klangfarben und Dynamiken zaubern.
Buz las aus dem Buch vom Menuhin, welches ein wildes Auf- und ab an Fug und Unfug beinhaltet. Wir erfuhren, daß man lernen müsse, zu vergessen – doch eines hatte der Menuhin bei seinen Ausführungen nicht bedacht:
Den Rachdurst, der in uns wohnt.
Ein kühler Wind war aufgezogen, und viel zu schnell war der Höhepunkt der Woche („Die Lindenstraße“) auch wieder um.

Abends erzählte mir Rehlein, daß Buz die Franck-Sonate ganz brav auf Intonation geübt habe, und sie könne sich vorstellen, daß Buz so manch eine Stelle tatsächlich besser spiele, als ich.
Rehlein redete Fraktur mit mir, doch dies liegt hauptsächlich daran, daß Rehlein nicht möchte, daß mich im Sommer jemand kritisiert.

Abends aß ich so gut wie nichts. Nur ein winziges Teilstück einer schlanken Wurst.

Zu vorgerückter Stunde erlebten Rehlein und ich oben im Ashram ein unerhörtes Gewitter, - zuweilen war´s taghell erleuchtet - und die Laterne, die silbern durch die Bäume hindurch schien, empfand ich als so geheimnisvoll!
Ich erfuhr allerhand: z.B., daß der Ölbaum vor meinem Fenster Feuer fangen könnte.
Das aufmerksame Rehlein holte noch einen schwarzen Umhang für den Flügel aus dem Keller herbei, falls der Hagel vielleicht die Fenster durchhagelt?

Montag, 21. Juli

Nach sonnigem Beginn bald grau und sogar
knurrend überzogen – dann hi und da bräsig feucht
und mattschimmernder Sonnenschein

Heute wird Herr Heike 81 Jahre alt, und in diesem Alter ist man doch irgendwie nichts Halbes und nichts Ganzes mehr? So empfand ich dies zumindest zur Stunde (noch) – wehe aber, die Jahre schreiten dahin, ich selber feiere den 81. und irgendein Idiot kommt mir mit diesem „klugen" Spruch!

Wenn mir auf meinem weiteren Lebenswege der Tod nicht bald begegnen sollte, so steck ja auch ich eines Tages in diesem fortgeschrittenen Alter, das – auf einen Tag umgerechnet - eine Uhrzeit zu verkörpern scheint, wo Bettgang angesagt ist.

„Ach, wenn i doch schon drinläge!" denkt man sodann stöhnend, wie einst der Opa.

Der Opa meinte das Bett – ich jedoch schon damals den Sarg.

Am Morgen war ich sehr tief in einen Schlummer gesunken, und wegen dem gestrigen Gewitter sehr mit mir im Patte, ob im pfützigen Grase und Morast im Walde überhaupt gejoggt werden solle?

Doch nun glitzerte die Sonne durchs Fenster, und außerdem erhob man sich in jenen Tag, wo Buz nach Hochegg mußte.

Unser Heim schien sich in eine Bahnplattform zu verwandeln, von der aus ein Weltreisender für unbestimmte Zeit verabschiedet werden mußte.

Leider war meine Wange immer noch geschwollen, wie auch Rehlein bald bemerkte. Als sie nämlich nach Art eines Figürchens in einer Kuckucksuhr aus der Haustüre trat, während ich meine Schuhe zuband.
Vor dem Haus parkte eine zahme Weinbergschnecke, die mit ausgefahrenen Fühlern von hinten eine so aufmerksame Ausstrahlung hatte, wie ein junges Mädchen mit vier z.T. in die Höhe ragenden Zöpfen in einer Schulbank, auf das man von hinten draufblickt.
Unterwegs wollte ich diese Schnecke im Wald aussetzen, damit niemand draufsteigt.
„Die klebe ich dem Hartwig an die Türe!" sagte ich wie eine boshafte 5-jährige, doch Rehleins Zorn gegen die Hartwigs, die uns im Jahre 2006 mal blöd kamen, ist lang verraucht.
„Meiner aber nicht!" sagte ich, und rannte von dannen.
Da ich aber nicht an Hartwigs Türe vorbeikam, versuchte ich, die Schnecke an einer besonders malerischen Stelle im Wald auf ein Blatt am Wegesrand zu kleben, doch bei diesem ungelenken Versuch sank sie ins Laub hinab, und man weiß nicht einmal genau, ob sie überhaupt richtig rum ankam, oder sich vielleicht mühsam aus der

Seitenlage heraus ins Leben zurückhangeln mußte? Über dieser Stelle, wo die Schnecke versank, und man ins Wäldchen hineinhoppeln kann, hing ein Spinnweben, das im Morgentau glänzte wie eine CD. Ich gebe mir immer sehr große Mühe, keine Schnecken zu zerdappen, und beim Rennen mußte ich über das unfaßbare Leid nachsinnieren, das womöglich zu seinen eigenen Füßen passieren könnte, wenn man nicht so aufmerksam wäre?
„Viele Jogger halten es auf Politiker-Art nicht einmal für nötig hinabzublicken, wenn es zu ihren Füßen knirscht!"
Dies dachte ich einfach auf die verächtliche und verallgemeinernde Art eines politikverdrossenen älteren Bürgers – Belege darüber habe ich jedoch keine.
Wieder wanderten meine Gedanken zur Bea nach Petaluma, und auch wenn unser Besuch schon acht Monate zurückliegt, so ist er mir derart präsent – oder, besser gesagt, steckt er mir noch derart im Gebein, daß ich das Gefühl hab, ich sei noch immer dort – zumal sich in der Wohnung gewisse hausfrauliche Aspekte Mobblns wiederfanden, die ich immer hochgeschätzt habe: Die Reinlichkeit, z.B., die auf einen besonders geübten Umgang mit dem Putzwedel schließen lässt; die Gemütlichkeit und Ordnung, aber auch der ganz spezielle feine Duft, der im Heim einer erstklassigen Hausfrau, Mutter und Oma durch die Lüfte schwebt. Zwar herrschte jetzt bei denen Nacht, so daß man sich die

Bea beim Jesse im Bett vorstellen mußte, aber ich stelle mir die Bea viel lieber am Morgen beim Breirühren vor, so, daß man die Gedanken an sie eigentlich lieber in die frühen Abendstunden verlegen sollte, aber einmal ins Denken geraten, dachte ich nun doch noch ein bißchen weiter:
Daß fast alle Kinder, außer dem Arthur vielleicht, der allerdings ohnedies so gut wie nie zu Besuch kommt, den Kontakt zur Bea rigoros abgebrochen haben. Es ist still geworden bei der Bea, denn man wünscht auch keine Anrufe, Mails oder Skypate mehr, und die Wenigen, die die familienbewusste Bea noch bemailen könnte, sind die Verwandten in Europa.
Denen mailt sie gern und erzählt, wie sie bald das Haus voll habe. Dann zeichnet sie erstaunliche Kinderbilder, scännt sie ein und schickt sie rüber, und zwischen den Briefen läßt die einsame Bea immer sehr viel Zeit verstreichen, auf daß man meinen möge, „sie habe zu tun.“
In zwei Monaten wird das Beätchen nun 850 Monate alt, und da hatte ich doch schelmisch und zum Spaß angedroht, zu Besuch zu kommen. Doch wie erwartet blieb das begeisterte „Au ja!“ einfach aus, und stattdessen bleckte einen ein unsichtbares „Nou!“ an – und wird demnächst vielleicht in ein „In zwei Jahren, wenn Jesse 70 wird“ umgewidmet?
Ich schreibe der Bea, daß ich nun schon 820 € zusammengespart habe, „und dann möchte ich dem Jesse ja auch noch ein Aquarium schenken!“ tue ich mich auch noch hervor, da die Reise nur 699 € kostet, und was will man mit den restlichen 121 €

wohl noch groß anfangen? Dann doch lieber ein handfestes und schönes Gastgeschenk beschaffen!

Hinwegstrebling Buz habe ich nur noch aus dem „Beichtstuhl" – sprich, dem Klosettfenster erlebt, und dann war er plötzlich weg.
Rehlein füllte die Lücke, die er hinterlassen hatte, allerdings mit lebhaften Erzählungen über ihn.
Heute Morgen habe es aus dem Bad heraus bereits so unglaublich gelärmt, daß Rehlein schon das Gefühl hatte, das Waschbecken sei ihm abgebrochen und krachend in tausend Scherben zersprungen.
Es war allerdings „bloß" der Rasierapparat, der ihm mit lautem Krach in das Waschbecken gefallen ist, und als Rehlein über die Griffspannung referierte, die Buz doch selber erfunden hat, meckerte Buz auch alsbald ungezogen los, und dabei wollte Rehlein doch grad anschaulich schildern, wie einem Derartiges auch mit dem Geigenbogen passieren könne.
Später habe Buz Rehlein dann einen Handkuß verabreicht, weil er vielleicht ein kleines bißchen reifer geworden, über ihre mahnenden Worte nachgedacht hatte, so hoffte Rehlein, doch das glaube ich kaum.

Ich sprach davon, daß ich heute in zwei Monaten, am 21. September mit Rehlein nach San Franzisko fliege, und färbte meine Stimme freundlich aber

bestimmt ein, so als sei dies „beschlossene Sache“, an der nicht mehr herumzurütteln ist.
Die Bea würde 850 Monate alt, und wenn die Kirchen beispielsweise ihr 850. Jubiläum feiern, so gibt´s mindestens ein dreitägiges Grillfest, viel Remmidemmi, und endlose Gesänge mit Klampfen-untermalung.
Rehlein lachte so bezaubernd wie die Christina neulich und meinte, daß sie mit dem Wolf leider nur selten so lachen müsse wie mit mir. – Der Wolf sei nicht sehr geistreich, erfuhr ich bestürzt, und wurde ein bißchen traurig davon, auch wenn diese Trauer in der Freude, daß Rehlein so über mich lachen mußte, ein bißchen versickerte.
„Doch! Das Wölflein ist sooo was an geistreich!“ sagte ich warm. „Was wir schon gelacht haben!“

Ich warnte vor der Gefahr, den Fehler von der Uroma zu wiederholen:
Rehlein fand einst in jungen Jahren im Keller eine verkommene, gänzlich vergessene Geige, die ihrem verstorbenen Opa Ferdl gehört hatte.
Oma Mobbls ebenfalls verstorbener Bruder Paul, der im Krieg gefallen war, hatte offenbar auch eine Weile lang darauf gespielt, doch die schöne Geige war nach seinem Ableben in Vergessenheit geraten, und stand nun kurz davor, von Würmern gefressen zu werden.
Rehlein kratzte ihr bißchen Taschengeld zusammen, um sie bei einem renommierten Würzburger Geigen-bauer wieder aufprächteln zu lassen.

Etwas Feierliches lag über dieser erbauenden und bewegenden Geschichte: *Grad so, als habe man in der Mülltonne einen Säugling gefunden, ihn mit nach Hause genommen, und ihm dort eine wunderbare Erziehung angedeihen lassen. Er wird Politiker, und rettet die Welt vor dem Untergang.*
Und dann kommt irgendein dummes, verkommenes Weib, das sich einst von seinem Brotherrn hat schwängern lassen, und meldet Besitzansprüche auf diesen gloriosen Politiker an!
„Und die Erika hat eine solche Freud mit der Geig´" schrieb die Uroma ihrer bösen Schwiegertochter Hedi.
„Die Geige gehört uns!!" wurde ihr alsbald eine barsche Antwort zuteil---, und dieser Fehler könnte sich nun wiederholen, wenn wir Wölfleins Geige verkauften, und in die Welt hinausposaunten:
„Und wir haben eine solche Freud an unseren Milliönchen!"

Nach einer Weile brachte mir Rehlein a) eine Rückengymnastikpose bei, und in ihrem rosa Unterhöslein und den zart gebräunten schlanken und sportlichen Beinen schaute Rehlein so was an knusprig aus.
(Ich schreibe auf Beamtenart oftmals a), und dann wartet der Leser vergebens auf ein b)!)
Und warum? Weil es einfach kein b) gibt!

Einmal rief ein Kontrabassist an, und ich war ja doch bloß aus jenem Grunde so eilig zum Telefon

gestürmt, weil ich immer um das Leben meiner Eltern bange.
In banger Erwartung hebt man den Hörer ab und erwartet das Schlimmste:
„Ihr Herr Vater hat sich leider mit einem multiresistenten Krankenhaus-Bazillus infiziert!“ oder aber: „Ihre Frau Mutter ist in Folge eines Hitzschlages vom Rad gefallen. Tot!“

Am Spätnachmittag brachen Rehlein und ich zu Billa auf, und ich fahre so gern mit Rehlein Auto, daß ich am liebsten gleich weiter nach Thüringen gefahren wäre.
Rehlein ist immer so aufmerksam und unterhaltsam.
Auf dem Billa-Parkplatz erzählte ich Rehlein, wie die Hessen so sind: Auch 12 Jahre nach der Einführung des €uro rechnen sie alles in DM um:
Liest man beispielsweise „6,99 €“, so ruft der Hesse: „Kostet wieder 14 Mark!“
Solcherart lose gestimmt, bewegte ich mich durch den Supermarkt als wär´s im Traume, oder aber so, als sei man nach seinem Ableben im Paradies gelandet.
Im Tiefkühlfleischesgang wärmte ich jene Geschichte auf, wie Rehlein als Kind in Stockach mal „Griiis Gott!“ sagte, als eine weltberühmte Sängerin vorbeistöckelte. (Doch die Sängerin beachtete Rehlein nicht und stöckelte mit erhobener Nase weiter).
Ich als Fremdkörper in Ofenbach sage auch zuweilen „Griiis Gott!“, um für einen kurzen

Moment „eine der ihren“ zu sein, „und doch denkt man vermutlich: „Die kommt wohl von der Nordsee!“““ setzte ich lachend hinzu, während Rehlein doch bestrebt war, sich auf die Einkäufe zu konzentrieren.
Dann wiederum erzählte ich, daß ich oftmals aushole um irgendwas zu sagen – man denkt womöglich, jetzt käme irgendetwas, das dem Reifegrad einer 51-jährigen angemessen ist - und dann kommt so was!
An der Kasse saß das felsartig grobbehauene junge Ding (Frl. Schwemmerl, zirka 21). Doch es schien heut mißgestimmt zu sein, indem es einfach nur so da saß, während Rehlein einen Herrn scharmant vorließ, und von einem anderen mit einem mild amüsierten Lächeln bedacht wurde.

Buz daheim hatte sich in eine neue Aufgabe gestürzt: Wolfram Goertz von der ZEIT als Kritiker für den Musikalischen Sommer zu gewinnen.
Das Essen nahmen wir am Tischlein-deck-Dich ein. Zunächst gab´s Pfirsichschnitten, dann grobkörnigen, sehr festen braunen Brei mit Rührei und köstlichem Tomatensalate.
Meine geschwollene Wange war fast abgeschwollen, und ich erzählte daß ich, sofern ich heut zur Zahnärztin gefahren wäre, vermutlich am Abend schon gestorben wäre, da ich dann nämlich eine Sepsis bekommen hätte – und wir feiern es heut, daß es nicht so gekommen ist.

Buz muß sich an den Zustand, nun einen Liter Wasser weniger im Gewebe zu haben auch erst gewöhnen. Die Hohlräume fühlten sich an wie Wackersteine. Was, wenn nachher ein Anruf vom Spital käme? Man habe versehentlich einen Liter Blut abgezapft, das Wasser jedoch sei noch drin.

Wieder summierten sich die Übminütchen so quälend langsam, auch wenn ich das Gefühl hatte, außer üben und dichten nichts zu machen.
Bei jedem Werk das ich übte, dachte ich, ich sollte eigentlich ein anderes üben, und meine Violine klang staubig – bzw. mein Spiel, durch Rehleins kritisches Ohr belauscht, ging stellenweise über gute Hausmusik nicht hinaus.

Um Punkt fünf gab´s wie alle Tage Tee.
Ich hatte Annelises Weihnachtskarte mit den Kurzbiografien der Kinder aus dem Briefkasten gefischt und schaute nun auf den Johannes „unseren Konfirmanden" drauf, „der sich in diesem Jahr am meisten verändert habe", und uns nun mit einem gebleckten Zahnspangenlächeln, strotzend vor Unreife, anlächelte. Rehlein hatte unlängst bereits gemutmaßt, es habe sich aus ihm sein grober Onkel Thomas Bauerle herausgeschält, und dann erzählte Rehlein noch, wie sie sich mal drei Stunden lang um die Kinder kümmerte, während die Annelise die ganze Zeit über ganz absorbiert mit Buzen sprach. Dann meinte oder hoffte die Annelise, bei Rehlein

offene Türen einzurennen, als sie vorschlug, dies zu wiederholen.
„Du kannst soooo toll mit Kindern umgehen!“ beflötete sie Rehlein einschmeichelnd.
„Nein, auf keinen Fall!“ sagte Rehlein kategorisch.

Am Fuße der Ashram-Treppe reichte mir Rehlein Ming in komprimierter Form im Telefon.
Ming erzählte, daß ein armseliger, völlig überflüssiger Artikel in der TAZ erschienen sei: Bemüht, beide Parteien klein und lächerlich zu halten. Der Artikel beginnt mit einem pointenfreien Ostfriesenwitz: Streiten sich zwei Ostfriesen… weil beide „der Bessere“ sein wollen, und zum Schluß hat keiner was davon! Die Zündschnur des Witzes fühle sich an wie ein vertrocknetes und zu zerbröseln drohendes Herbstblatt. Hahahaaa….man wüsste gar nicht wo das Gelächter anzufügen sei.
Ming klang so mutlos, und ich hatte weder Lust, den Artikel zu lesen, noch Rehlein & Buz darüber in Kenntnis zu setzen.
Zunächst kauerte ich niedergeschlagen auf der untersten Treppe, dann sog ich gewaltsam noch etwas Kraft und Freude aus Rehlein, indem ich meine Mama innigst umarmte.
Das feine, süße Rehlein war soeben dabei, einen Geburtstagsbrief an den frischgebackenen Junggreisen Georg Heike zu verfassen.
„Rehlein, du bist nicht nur mein Milchquell – Du bist mein Glücksquell!“ rief ich aus.

Onkel Hambum hatte ein Foto von Rehleins Gemälde geschickt, so jedoch gar nichts dazu geschrieben, und Rehlein ist immer ein bißchen traurig darüber, und hätte so gerne ein kleines Kompliment gelesen.

Dienstag, 22. Juli

Am Anfang zeigte sich wohl noch die Sonn´,
doch bald überzog es sich,
und ab Mittag herrschte ein lauter Dauerregen

Der Tag zeigte ein verheultes, so jedoch „gefasstes“ Gesicht.
Ich joggte durch den Morgen, und versuchte, im Geiste den letzten Satz von Mendelssohns Wimmelsonate zu repetieren, blieb dann allerdings irgendwann stecken, weil ich mehrere Sorgen gleichzeitig im Hirn jonglieren mußte:
Das Festival drohte mir über dem Kopf zusammen-zuschwappen.
Wo bekommt man die Vivaldi- und Bachstimmen her?

Im Ashram bereitete ich mich gewissenhaft vor:
Zu Beginn spielte ich die Mendelssohn-Sonate einmal durch, und gleich auf der ersten Seite befand

sich eine Blessur, die den Gesamteindruck nach Art eines Ölflecks an unpassender Stelle nachhaltig verdarb.
Dann polierte ich das Bruch-Oktett, und freute mich, daß das Werk Kontur bekam.
Um viertel nach neun verließ ich mein warmes bzw. munkeleswarmes Eskapismusbad der Überei.

Zwar bin ich hier in Ofenbach aus dem Weltgeschehen weitestgehend beseitigt, und dennoch fühle ich Gedanken aus Aurich auf mir lasten:
„Was macht die da eigentlich die ganze Zeit?"
In der Stube begrüßte ich mich mit Rehlein, und wenn ich gewußt hätte, daß Buz nebenan am Läptop saß, hätte ich vielleicht nicht gar so lose und infantil „Ooooh deggn!" gerufen?
(Einen lustigen Ausruf vom Pröppilein – wenn es mit der Oma telefoniert.
Er bedeutete: „Oma sprechen!")

Ich erzählte Rehlein, daß ich früher immer so viel Hoffnung in Meisterkurse gesetzt habe.
Rehlein verstand es aber miß, und meinte, ich hätte so viel Hoffnung gehabt, durch die „Konnekschns" mit großen Musikern endlich mal Fuß im Bussines Gewerbe fassen zu können?
Meine Erzählung blieb jedoch auf halber Höh´ im Sumpf der Buz-Aufarbeitungsgeschichten stecken. Eigentlich hatte ich erzählen wollen, daß ich immer so viel freudige Hoffnung hatte, die Meisterkurse

würden packend und unterhaltsam. Doch niemand von den sog. „ganz Großen" konnte in irgendeiner Form mit Buz und seinem grandiosen Unterricht konkurrieren.
Zu diesen schmeichelhaften Worten zeigte sich Buz, doch Buz war leider leicht mürrisch gestimmt.
Vorsichtig brachte ich die Notenproblematik zur Sprache. Die Landschaft hat unsere Noten, und rückt sie nicht heraus.

Dann sprachen wir über jenen Cellisten, der in einer Drogerie in den USA eine Nagelschere geklaut hat, und dabei erwischt wurde, so daß die USA als gastfreundliches Reiseland für sein renommiertes Streichquartett gestorben sein dürfte – es sei denn, man trenne sich von diesem diebischen Cellisten.
Auf dem Tische stand der Topf mit dem über und über mit Walnüssen angereicherten Honig.
Buz schöpfte frischen Lebenselan aus dem geplanten Brief an Wolfram Goertz, den wir sogar in doppelter Form in die Umlaufbahn zu schießen gedachten.
Per Brief und per Mail - und diesbezüglich telefonierte ich nun herum:
Zunächst mit einem Kundenfräulein, das sich äußerst förmlich gab, dann aber nur „Bahnhof" zu verstehen schien, und mich weiterleitete. Dann mit einem anderen Fräulein vom Haupthaus. Dieses Fräulein verstand mich ebenfalls an einer Stelle miss, so daß ein dumpfes Gefühl der Beschämung zurückblieb.

Rehleins Erbmasse hatte sich in mir geräkelt, so daß ich meine Botschaft mit vielen lebhaften Worten jener Art pufferte, daß Wolfram Goertz womöglich *ganz viele* Briefe bekäme, so daß ihm der Meinige, den ich zu schreiben gedächte, wohl grad noch gefehlt hätt´? Haha... Doch statt verbindend in das verlegene Lachen einzustimmen, sagte das Fräulein mit leichtem Untertone, und hinzu unpassend zu den eben gefallenen Worten: „Sie müssen schon ein bißchen Geduld haben! – Ich recherchiere gerade für sie..."

....

„Kleine Sekunde. Moment mal!" lippenfürzelte sie angestrengt stringent.

„Vielen Dank!" sagte ich warm, doch auf diese feinsinnige Höflichkeit gab´s keinerlei Resonanz, und so schienen mir die gefallenen Dankesworte im Nachhinein dürr und düftig, und ich beschloss, bei den finalen Dankesbezeugungen gegen Telefonatsende noch viel schönere und heißere Dankesworte anzubringen, ähnelnd jenen vielleicht, die die Mutter jenes Knaben anbrachte, den die taube Rosl in der Rübezahlgeschichte vor dem Ertrinken gerettet hatte – bloß, daß dieses Fräulein gar nicht mehr ans Telefon zurückkehrte. Zuerst wurde ich kurz mit billigsten Schlagern beschallt, und dann meldete sich eine verschlafen-dröge Frau namens Ursula Alai, und diktierte mir ihre E-Mail-Adresse.

Bei Frauen namens „Ursula" bin ich meist zurückhaltend, denn nicht selten verbirgt sich hinter diesem dunkel klingenden Namen eine spröde, strenge und unnahbare Frau.

Das Ganze wäre einem normalen Menschen nur eine Aufgabe von Sekunden gewesen, doch Rehlein und ich veranstalteten einen Wirbel drum!
Dadurch, daß sich Buz ja anfühlt als sei er unser Sohn, fühlten wir uns womöglich so, wie eine Familie, die ihren Ältesten zum Tschaikowski-Wettbewerb anmeldet.
Ich war richtig aufgeregt, und bei meinem Brief an die Frau Alai wog ich die Worte die, wenn überhaupt, nur überflogen würden, sorgsam ab:
....den „Leiter des Musikalischen Sommers" upps, da fehlt doch was - „von Ostfriesland" tippte Rehlein mit Schmackes hinzu, doch nun nahm sich diese Passage auf dem Papier wie ein Ostfriesenwitz aus und ich löschte sie wieder hinweg, und ersetzte es durch ein „Prof. König", auch wenn´s vielleicht protzig oder gar großkotzig daher kommt?
Ja, mit Überlegungen und Abwägungen dieser Art könnte man den ganzen Tag verbringen.
Ich hängte Buzens ausgefeilten Text an, doch bevor ich dies alles losschickte, riet ich, ihn Onkel Dölein oder gar dem Onkel Hartmut zur Begutachtung zu schicken.
Im Zuge unserer Bemühungen, so überflüssig und übertrieben sie auch gewesen sein mögen, fühlte ich mich Rehlein so verbunden.

Doch der frische Mut, der uns eine Weile lang aufrecht hielt, sackte auch wieder zusammen. Wahrscheinlich geht auch diese Geschichte wie fast alle Aktionen letztendlich aus wie das Hornberger Schießen, oder die Geschichte mit der Nachtigall von Oskar Wilde? (Buzens Schicksalsschiene.)
Kurz fühlt man sich auf der Looserseite des Lebens, doch dann fällt einem auch wieder ein, daß man mit Rehlein so reich beschenkt ist, und die Begossenheit sickert auch wieder hinweg.

Später gab´s ein Mittagessen in bräsiger Wetterlage am Tischlein-Deck-Dich.
Serviert wurde Grütze mit feinster Soße, sowie einen köstlichen Salat.
Buz war leider sehr schweigsam und unzugänglich, und mich bewehte die Kümmernis, daß der Arzt auf Hochegg vielleicht gesagt haben *könnte*: „Wir reden nicht mehr von Jahren. Wir reden von Monaten!"
Worte, die sich tief in Buzens Seele gebrannt haben, und die er vor Rehlein und mir geheimhält?
Um ihn ein wenig aufzumuntern, erzählte ich, wie der Onkel Eberhard einst „middörmuddör" am Telefon sprach:
Omi: „Wie geht´s Dir denn, mein lieber Junge?"
„Hervorragend! Abgesehen davon, daß mein Rheuma unerträglich ist, ich mich mit schmerzhaften Nierenkoliken herumplage und mir vergangene Woche eine pampelmusengroße Geschwulst aus dem Oberkiefer entfernt werden mußte!"

„Und der Hartmut hatte ein Schnüpfchen!"

Nach dem Essen entdeckten wir ein köstliches chinesisches Video, über das sich Kim Jong Un so sehr empört habe: Das Staatsoberhaupt von Nordkorea beim lächerlichen Herumkasperln.

Rehlein schnürte sich in putzige gelbe Schuhe hinein, und radelte nach Lanzenkirchen zum Briefkasten, um Buzens Brief einzuwerfen, und ich leide schon jetzt darunter, nächste Woche wieder weg zu sein, und Rehlein vielleicht vier lange Monate lang nicht zu sehen.

Wenig später begann ein strammer und lärmender Dauerregen. Bis weit über den Horizont hinaus erstreckte sich ein prall gefülltes Wolken-Euter und ich stand da und übte mit dem Metronom das Oktett von Bruch. Wäre es nicht besser gewesen nachzuschauen, ob Rehlein überhaupt gut nach Hause gekommen ist, bzw. ihr mit dem Auto entgegenzufahren?
Doch Rehlein auf ihre wieselflinke Art war bereits zurückgekehrt, und rief auch bald zum Fünf-Uhr-Tee, der regenbedingt natürlich innen serviert, und zu welchem köstliche Zwerglebküchlein gereicht wurden.
Dazu sprach man über die dumme Journalistin Kristina L.

So viel Hoffnung und Müh mündete in einen dümmlichen Artikel, der selbst als Klopapier unbrauchbar wäre.
„Und dies nennt sich investigativer Journalismus!“ konnte es das süßeste Rehlein nicht fassen.
Später packte Rehlein empörende Geschichten in jene Zeitblasen, wo Buz vielleicht mal auf dem Häusl, und später am Üben war. (Trillerketten.)
Rehlein erzählte von früher:
Nachdem der junge Buz Rehlein geschwängert hatte, gerieten seine großartigen Aktivitäten bald ins Stocken, und er machte nichts Besonderes mehr – außer vielleicht ein bißchen Geige spielen – quasi so wie jetzt, da man ihn ziel- und planlos herumtrillern hörte.
Dann wartete er auf die allnachmittägliche Heimkehr von seinem Schwiegervater „Opa“, um mit ihm Boccia zu spielen.

Kirsche ist offenbar nicht der Einzige, der sich gern ins gemachte Nest setzt?
Schon heute Mittag stellten wir fest, daß sich Mings Exe, die Dame Gerswind, einfach ins gemachte Nest des Eisenstädter Haydn-Quartetts gesetzt hat: Zwei der Spieler waren ausgeflogen, und in deren leeres Nest setzten sich nun Gerswind und Fritzi.
Auf der Wikipedia-Seite des Streichquartetts sind all die gloriosen Großtaten der Vorgänger aufgelistet, die man nun einfach für sich in Anspruch nimmt.

Buz hat dem quartetteigenen Cellisten Nicolas N. durch unermüdliches Hinzubuttern kostbarerer pädagogischer Geheimnisse zu einer gewissen Meisterschaft verholfen, und es hieß, der dankbare junge Herr würde ihm zum Dank eine Webseite einrichten. Doch nichts geschah.

Als Buz zuende getrillert hatte, und sich wieder zu uns setzte, riet ihm Rehlein, im Sommer nicht zu politisieren. Wir dachten zunächst, dies bezöge sich auf unseren geraubten Musikalischen Sommer – doch es ging um die Sache mit Israel, über die ein alter Freund Buzens dummes Zeug zu posten pflegt. Buz hatte ihm einfach einen klugen Satz, den er nie geschrieben hat, in die Federspitze gelegt hat, um bei Rehlein für ihn zu punkten.
Laut Buz habe er geschrieben: „Ich hoffe, daß dieser beidseitige Wahnsinn bald aufhört!“
Doch in Wahrheit hofft er ja doch bloß, daß dieser *einseitige* Wahnsinn bald ein Ende findet…

Einmal wollte ich, daß Buz mir die Debussy-Sonate vorspielt, doch Buz wurde davon laut und pampig.
„Jetzt nicht! Ich mach grad eine ganz feine Arbeit!“ brüstete er sich, und dabei handelte es sich ja doch bloß um jenen musikalischen Waschzwang mit welchem er sein Leben schon seit Jahrzehnten im wahrsten Sinne des Wortes vergeigt.

Oben glaubte ich mal, Rehlein ganz zart von der Ferne her rufen zu hören.
Es klang so lieb: „Kikalein!"
Also stürmte ich hinab und sah bei dieser Gelegenheit, daß Rehleins spannendes ungarisches Buch, das zusammen mit der Brille auf dem Tischlein-Deck-Dich lag, ganz nass geregnet worden war.
Buz saß wieder dröge vor dem Bildschirm, und wir reden immer einfach ganz laut, so als sei er gar nicht da. Später übte er wieder seinen Debussy.

Im Internet schauten wir noch eine Rückschau zum erstem Lebensjahr vom kleinen George, den wir für das Yaralein gedacht haben, doch auch ich war so müd, daß ich die Augen kaum offen halten konnte.

Mittwoch, 23. Juli

Im Großen und Ganzen feuchtgeregnet,
auch wenn zuweilen die Sonne aufschien

Heute freuten wir uns auf Julia Kim.
Ihr Kommen fühlt sich für mich stets so an, als hätten meine Eltern ein liebes Mädchen aus Korea adoptiert, das von der Bahn abgeholt, und fortan bis in alle Ewigkeiten am Familienleben partizipieren soll.

Zu Rehleins Herumgehopse erscholl aus dem Musikzimmer das Bruch-Geübe Buzens:
Rasende Sechzehntelketten wechselten mit Achtelpausen, doch als man Buz an die Frühstückstafel geholt hatte, drohte es ungemütlich zu werden, auch wenn die „beiden Kampfhähne" (Kristina Ludwig) je nicht wirklich auf der B-Seite staken.
Buz erboste sich, weil Rehlein einfach behauptete, ihm sei mal das Benzin ausgegangen. Rehlein hat aber von dieser Behauptung nicht abweichen mögen, und nun beschoss Rehlein den ihr angetrauten Ehemann mit lauter kleinen Giftpfeilen aus jenem Köcher, auf dessen Boden der ungelöschte Groll vor sich hinblubbert: „Du vergisst doch immer alles sofort, wenn du etwas Dummes gemacht hast!" höhnte Rehlein.
Ich aber fuhr unglücklich auf die Bahn, und wegen der üppigen Vegetation in unserem Garten, fällt es mir zunehmend schwer, mit dem Autopo vorneweg in die Freiheit hinauszugelangen.

Am Bahnhof glaubte ich, die Julia mit ihrem steil in die Höhe ragenden Violinkasten auf dem Rücken, inmitten Herbeikömmlingen in der Ferne bereits auszumachen.
Leicht gemein, aber nicht wirklich boshaft, hatte ich mich im Auto schon gegen sie vorgeimpft, indem ich mich selber mit lauter blökend klingenden „Wie geeeez!" beworfen hatte, - ein Satz, gedehnt wie ein ausgekautes Kaugummi, das man sich genussvoll aus

dem Munde zieht, um es irgendwo hinzukleben, und der einem aus dem Munde einer Julia Kim, mit ihrer leider häßlich schneidenden Stimme, direkt ins Gebein fährt.
Auf der Heimfahrt war es mit der Julia aber richtig nett. Zwar sagte sie einmal „wie geeez!“ aber nur so nebenbei, und ohne an einer Antwort interessiert zu sein, denn werde ich mit einem so hässlichen klingenden Ausruf beworfen, so geht´s mir meist nur mittel.
Ich erfuhr, daß sie im 22. Wiener Bezirk in einem schlichten Wohnheim lebe, wo das Leben in einer Weltstadt noch relativ günstig sei: 350€ Miete.
Na, da wäre es doch wohl noch günstiger, nach Grebenstein zu ziehen.
„Meinem Nachbarn ist die Frau durchgegangen. Da könntest du doch wohl mal vorsprechen? Eine Exotin wäre mal etwas gänzlich Neues für ihn!“
(Nein. Dies sagte ich nicht. Aber ich dachte es.)
Daheim begrüßte uns das süßeste Rehlein sehr herzlich. Rehlein befand sich allerdings soeben auf dem Sprung hinwegzuradeln, um für ein köstliches Mittagessen einzukaufen.

Ich stellte mir die Julia fernab der Heimat in einem schmucklosen Wiener Wohnheim vor, sah eine Waschküche mit grauen Wänden, klobigen Waschmaschinen und dumpfen Bullaugen vor mir, - und nun war sie mit ihrer Violine auf´s Land gereist, um ihren alten Violinlehrer und seine Frau zu besuchen.

Ein kleiner verlegener Ausruf, als die Julia das Musikzimmer stürmte, um ihren Violinkasten abzulegen, ließ darauf schließen, daß dort jemand saß, und dieser Jemand war Buz, der sich in sein eigenes Buch vergraben hatte.
Später scherzte ich darüber.
„Du Stubenhocker!" rief ich aus, als Buz mit einem leicht schuldbewußten Lächeln das Eßzimmer betrat.
Die Julia hatte die großformatige Bruch-Partitur mitgebracht, und nun erfuhren wir, daß dieses Meisterwerk des altgewordenen Max Bruch leider so fehlerhaft niedergeschrieben worden war, daß es quasi der Verdienst eines unbekannten Mannes mit Namen „Thomas Wood" ist, daß man es heute überhaupt aufführen kann.
Seitenweise sind Fehler aufgelistet, so daß ich dabei direkt an Mings Roman aus dem Jahre 1973 denken mußte. Fast jedes Wort ist falsch, und doch ist´s jener Roman, über den ich in meinem langen Leben am meisten gelacht habe.

Schlimm finde ich, daß die diebischen „Gezeiten" „die Schöpfung" aufführen, und wir das „Requiem", und hinzu das allerletzte Werk des alternden Max Bruch.
„Bruch ist viel schöner als Schöpfung!" rief die Julia, um uns eine Freude zu machen, aber ich könnte jedesmal an die Decke gehen, wenn sie schon wieder Artiiiikel vergisst, auch wenn man´s ihr doch schon hundertmal erklärt hat!

Rehlein wünschte sich, daß sie uns nach dem Einkauf beim Üben „ertappt" und nicht bei einer Bibel-Diskussion, wie sie Buzen vielleicht vorschwebte, indem er sich jetzt „Die ganze Woche" griff, die immer ein paar blutrünstige Bibeltexte abzudrucken pflegt, um eventuellen Bibelkundlern gerecht zu werden.
„Er weiß so viel – mehr als Pfarrer!" rief das Julchen mit ihrer infantilen Stimme, mit der sie gern das bezaubernde Hascherl hervorkehrt, und mich schüttelte es erneut.
Dann aber übten wir tatsächlich los.
Buz war sehr ungeduldig. Das Licht war ihm zu dunkel, und mein A stimmte immer nicht genau.
Buz kehrte den Argusohrigen hervor.
Schließlich legten wir los, und zu Beginn klang´s genau wie bei der Beethoven-Probe bei Loriot.
Als ich Rehlein vor der Tür herumrumpeln hörte, bekam ich einen richtigen Bammel, Rehlein könne ausrufen: „Es klingt übrigens grau-en-haft!"
Dann spielte Buz auf ungeduldig stringente Weise ganz in sich selber verkapselt, und hatte die ganze Zeit die Ausstrahlung wie damals, als der einjährige Ming im Winter 1965 vom Schlitten glitt und im Schnee stecken blieb, ohne daß man dies bemerkt hatte.
Mit Ach und Krach und viel Zählerei brachten wir das Werk über die Bühne, und beim zweiten Durchgang drohte gar ein Probenrausch, indem Buz überlegte, welche Stimme wohl die wichtigste sei?

Nach dem ersten Satz legten wir eine Pause ein, in welcher es warmes Kompott gab.
Buz hatte sich kurz zum Telefonieren zurückgezogen, und als er nach einer Weile wiederkehrte, meinte er, daß das ganze Ministerium womöglich tatsächlich in die Sommerfrische verreist sei?
Die Ministerin Wanka sei das ganze Jahr über – 365 Tage lang – im Urlaub gewesen, entgeisterte sich Rehlein.
Sie sei eine Freundin von der Merkelschen.
„Aber ich bleibe dabei. Ich gebe nicht auf!“ sagte Buz seinem liebreizenden Naturell diametral entgegenlaufend ganz ungewöhnlich kampfeslüstern, und ich stellte mir vor, wie Buz ins Ministerium reist und einen Sitzstreik veranstaltet, bis die faule Ministerin endlich Stellung zu seinen Worten bezieht.
Buz begibt sich ins Damenklo und klebt an fast alle Kabinentüren, bis auf eine, einen Zettel mit der Aufschrift „Defekt!“ In der Verbliebenen setzt er sich einfach auf den Klodeckel und wartet auf die Ministerin. Dann kommt die Ministerin und kann nicht pullern, geschweige denn ein Würstl abseilen, da auf dem einzig verbliebenen Klodeckel ein Herr sitzt.

Nun probten wir noch die beiden verbliebenen Sätze, und schon herrschte Mittagesszeit.
Rehlein hatte sich mal wieder überboten in der Kochkunst!

„Du hast doch was?!" sagte Rehlein hi und da zu Buzen, der derzeit einen Großteil der Zeit so fern und lethargisch wirkt, und dieser Passus Rehleins erinnerte an jene Stelle in der großen Fuge von Beethoven, wo das Werk plötzlich Tempo annimmt. Kennt dies jemand?
Es gab feinstes Sojageschnetzeltes und köstlichen Bioreis mit Kohlrabi.
Die Julia bat mich verstohlen, sie um 14 Uhr wieder auf die Bahnstation zu bringen. Buz aber blieb dies nicht verborgen, und er wurde davon direkt leicht pampig und ungezogen, dieweil er sich doch vielleicht schon so darauf gefreut hat, einen ganzen Nachmittag lang zu proben, bzw. die Julia mit den letzten Finessen der Violintechnik vertraut zu machen. Durch das klaffende Loch, das sich nun auf seinem Lebenswege gebildet zu haben schien, blickt man in einen Abgrund der Enttäuschung hinab, der einen ganz pampig werden lässt?
Buz behandelte das Julchen nämlich so, als sei´s *sein* Kind, indem er ihre Argumentationskette WARUM sie jetzt schon abreisen wolle, so quasi ins Lächerliche zu zerpflücken suchte?
Das Julchen wollte doch so gern noch in die Bibliothek fahren, um sich Noten von Elgar zu entlehnen.
Fast aufdringlich und seltsam wesensfremd unartig wollte Buz mitten in eine Erzählung vom Julchen hinein wissen, welche Noten von Elgar sie so unbedingt und unaufschiebbar benötige?

„Sonate“ sagte das Julchen kleinlaut, beschämt und schon wieder ohne Artiiiikel.
„Die hat der Franz!“ triumphierte Buz, „und die kann er Dir ohneweiteres mitbringen!“
Doch das Julchen möchte sich doch am liebsten heut abend schon in diese schöne Sonate hineinkrümmen.
„Wo?“ frug Buz verständnislos, als könne er sie vielleicht der Lüge überführen.
Ich glaube, ich sah zu dieser Debatte aus wie der Hajo damals, als die Berta, (in der „Lindenstraße“) die ihn in die Ehefalle locken wollte, in fröhlichem Singsang gesagt hat: „Hoch-zei-ten!“ und dazu den Kopf auf seine Schulter bettete, da mir der Gedanke, daß am Nachmittag „Dödldöö-Übungen unser Heim durchziehen, schlicht *unerträglich* war.
„Ich möchte, daß du im Sommer ordentlich spielst!“ machte Buz direkt ein wenig Druck, und später hat es Rehlein so imponiert, daß die Julia sich durchgesetzt hat.
Die Julia hat Buzen noch Fragen zur Aufführungspraxis von Vivaldi gestellt, die Schlimmes erahnen ließen: daß sich das Julchen womöglich zu irgendeiner Form der Aufführungspraxis verführen ließe, und Buz mag es nicht, wenn jemand die wunderschönen Werke alter Meister aufführungspraktisch verdirbt.

Im Auto machten wir uns auf Art zweier Backfische ein wenig lustig über Buzen: Daß man aufatmen

könne, der drohenden, uferlosen Violintechnik nochmals entwischt zu sein.
Die Julia ließ ein paar Vivaldi-Beispiele auf ihrem Smartphon auftönen, da sie sich, wie unter jungen Menschen üblich, auf der Suche nach „der Wahrheit" befindet.
Ein Beispiel klang ein bißchen sehr ausgedacht, und die Interpretation von Fabio Biondi schien mir etwas schwer und eingedickt.
„Mir kann man es aber wirklich nie recht machen!" lachte ich.
Dann wurde die Julia von der Eisenbahn aufgesogen, und ich fuhr heim zu meinen Lieben.
Kaum hatte ich oben in meinem Hamsterrad der Tüchtigkeit Platz genommen, da rief das süßeste Rehlein gewohnt herzlich und animierend: „Ich habe ein Eis! Es ist auch schon zart angeschmolzen!"
Rehlein würde gerne einen geharnischten Leserbrief an die TAZ schreiben, damit die dumme Journalistin Kristina L. abgewatscht wird.

Wer hätte jetzt gedacht, daß ich zur abendlichen Stunde meinen ganzen Mut gebündelt, und Rehlein die Mendelssohn Sonate, an der ich so fleißig geübt habe, vorgegeigt hab, auch wenn dieser Schuß nach hinten hätte losgehen können, denn was da hätte alles passieren können?!
„Du intonierst schlecht – ich habe nichts verstanden. Ich versuch die ganze Zeit mitzudirigieren. Du spielst tatsächlich alles gekantet und am Griffbrett…"

Auf all dies war ich vorbereitet, und dann bekam ich doch ein Kompliment für meine Energetik.
Auch Buz im Sorgenstuhle lächelte lieb und erfreut, als Rehlein ihm von meiner musikalischen Heldentat berichtete.

Donnerstag, 24. Juli

Sehr freundlich, licht und hell.
Nur abends überzog es sich leicht –
und dann sah man vom Eßzimmer aus
schöne rosa Wölkchen am Himmel

Ich übte los und spielte meine Mendelssohn-Sonate ziemlich gut.
Nach einer Weile pochte Rehlein an, um mich zu zart angewärmten Obst einzuladen. Eine Fee klopft an, und lädt einen zu warmem Obst ein! Ich war verzückt.
Leider hatten sowohl Rehlein als auch Buz schlecht geschlafen, und waren seit ¼ nach 5 auf den Beinen. Es sei zu hell und *zu* freundlich, und im Bett habe Rehlein zudem eine namenlose Angst gespürt. „Kennst du das auch?“
(Dies frug Rehlein mit lächelndem Gesicht!)
Unten saß unser Familienoberhaupt zu Tisch, und ich bebusselte den süßesten Buz mit großer Wärme.

Aus dem Radio quollen die Schauermeldungen:
Eine antisemitische Woge durchbebte Deutschland und beschwappte nun auch Österreich: Vor einem Fußballspiel wurden die israelischen Spieler angegriffen.
„Fuck Israel!" hatte jemand auf ein Transparent gemalt.
Rehlein sang ein schwärmerisches und leidenschaftliches Loblied auf den Barenboim, der gestern vor einem Konzert noch eine Rede für den Frieden gehalten habe.

Buz las uns den langen Artikel aus der TAZ vor, und tatsächlich wurde er von den Erwachsenen und auch mir saublöd gefunden.
Über Buz stand da einfach despektierlich, daß sein Haar mittlerweile schlohweiß geworden sei. Man schaut auf die strohigen grauen Haarreste auf Buzens Hinterkopf, und kann es einfach nicht fassen! Wahrscheinlich geilt sie sich auf die Art unbegabter Journalisten an dem Begriff „schlohweiß" auf, den sie in ihrem Zettelkasten abzupfbereit gehortet hat, und ob´s stimmt spielt dabei nur eine untergeordnete Rolle?
Warum schreibt sie nicht gleich „Der alternde Musiklehrer mit dem schlohweißen Haar schürzt die Lippen"?
Etwas, was ein anderer, wenig talentierter Journalist einmal über Buz schrieb. Doch Buz schürzt nie die Lippen. Allenfalls spitzt er sie zuweilen solcherart,

als wolle er in humorig getöntem Bedauern ein Lied pfeifen, und dies sieht köstlich aus – als sei´s von Wilhelm Busch gezeichnet!
Ich erzählte Rehlein die lustige Geschichte von Buzens Sitzstreik im Klo, wo er auf die Ministerin wartet, und badete sie noch ein wenig aus: Um ihre Notdurft zu verrichten, begibt sich die Ministerin somit ins Eiscafé Venezia, doch dort haben wir bereits eine alte Dame angestellt, die laut und erbost auf schwäbisch vor allen Leuten dran hinter der Ministerin herwettern soll. (Auf schwäbisch oas jenem Grunde, um alle Ohren in Hannover auf sich zu ziehen): „Also, dös isch a Schweinerei, wie Sie die Toilette hinderlassöt!"

Mittags war Rehlein verschwunden, und Buz war direkt ein wenig beunruhigt.
Er suchte den Garten ab, wurde allerdings nicht fündig. Auch ich drehte eine Runde und rechnete mit klammen Gefühlen damit, daß Rehlein nach Art von Herrn Kuhn bei der Gartenarbeit gestorben sei, und irgendwo herumläg?
Etwas Mut schöpfte ich dann aus der klaffend geöffneten Schuppentüre, wo man sehen konnte, daß auch Rehleins Drahtesel abgängig war.

Einen Ausgleich für den dummen Artikel von Frau Ludwig hat es allerdings auch gegeben:
Die Staatsanwaltschaft stellte Mings Verfahren wegen Meineids ein.

Und der große Knüller kam noch: Ein Anruf von Wolfram Goertz, als man mit dem leckeren Cremissimo-Eis am Tischlein-Deck-Dich saß.
„Görz", sagte eine staubig neutrale Stimme, so daß mir „der Atem stockte", „darf ich Ihren Mann sprechen?"
Ohne den Irrtum aufzuklären, reichte ich den Hörer mit bedeutungsvollem Lächeln an Buz weiter, und ich glaube Buz war richtig aufgeregt. Ein ungläubiges Glück überzog Buzens schönes Gesicht, das vor Freude rosig anlief, während seine Stimme belegt und leise klang.
Der Düsseldorfer Journalist bekundete zwar ein Interesse am Festival, doch dadurch, daß ihm die Zeitung nichts zahlt, hätte er gerne einen kleinen Finanzzuschlag für Reise und Übernachtung.
„Da sprech ich mal mit dem Upsdalsboom!" hatten sich in Buzen bereits neue Ideen gebildet, als er nach dem begückenden Telefonat herbeitrat um Rehlein alles zu erzählen.
Dann wiederum hieß es, Wolfram Goertz müsse erst mit seiner Frau sprechen.
„Was will er denn die dumme Frau mitnehmen?" stöhnte ich, und erzählte, wie der Jorberg ein Auffanglager für Ehefrauen gründet, (mit Videoüberwachung) falls die Männer mal auf Dienstreise fahren müssen. Er geht einfach davon aus, alle Männer fühlten wie er, und hätten auf ihrer Dienstreise keine ruhige Minute.

Freitag, 25. Juli

Zunächst Regen,
dann vorbeiziehende graue Wolkenbänke.
Gelegentlich wurde es etwas sonnig,
und dann wieder grau und regnerisch

Es regnete schwer und klatschend. D.h. mit etwas gutem Willen hätte man wohl ein Dusch-Trimm-Dich absolvieren können, doch ich legte mich ins Bett zurück.
(Zu Guttenberg: „Vorerst ins Bett zurück")
Nach einer Weile zeigte sich Rehlein, und man muß wirklich sagen, Rehlein mit dem Muskeltonus eines süßen einjährigen Buttjées ist eine bildschöne ältere Dame geworden, in der all die Kostbarkeiten vergangener Generationen kumulieren:
Die Esslinger Oma, Mobbl, die Degerlocher Oma – der Opa selber…
Zu jener Zeit, wo ich normalerweise losjogge, hatte es zu regnen begonnen, und zu jener, wo ich normalerweise heimkehre, hatte Petrus den Duschhahn wieder abgestellt.
Davon wachgerüttelt wäre ich nun bald losgewetzt, doch da wurde der Regen wieder eingeschaltet, und als wir wenig später beim Frühstück beieinander saßen, goss es laut und barmend.

Rehleins Reben vor dem Fenster hatten die Ausstrahlung eines trotzigen nassgeheulten Kindes angenommen.
Aus dem Radio dröhnte ein wattiert und geistesversunken vorgetragenes Klavierwerk von Bach.
„Jetzt bin ich aber gespannt, wer da spielt!“ sagte Rehlein, „sicher ein Busoni-Preisträger!“

Buz hatte sich an seinen Läptop zurückgezogen um zu schauen, wie die jungen Leute dem ostfriesischen Publikum Jan Vogler verdaulich machen wollen, und ich dachte mir etwas Lustiges dazu aus:
Jan Vogler gibt der Ostfriesenzeitung ein Interview, und kehrt hervor, daß es eine riesengroße Ehre für ihn sei, für die Midori einzuspringen.
„Es sind sehr große Fußstapfen, in die ich da zu steigen suche!“ sagt er bescheiden, was angesichts von Midoris winzigen Füßlein und Trippelschrittchen doch blankem Hohne gleichkommt.
(„Nehmen Sie doch eine Prise Schnupftabak!“ Worte, mit denen ein freundlicher Beamter, den Kollegienassessor Kowaljow, der seine Nase vermisst melden wollte, zu trösten suchte.)

Ich überredete schon wieder an Buzen herum, mir die Debussy-Sonate vorzuspielen.
-„Nur den ersten Satz!“
-„Nur eine Seite!“
-„Nur die erste Phrase!“

-„Wenigstens den ersten Ton!"
-„Biiittte, Schätzlein!"
Aus Erfahrung klug weiß ich, daß man Buzen immer siebenmal bitten muß….
Da erkühnte sich Buz mit einem Male, auch wenn er sich gleich zu Beginn beschämt und dürftig zu fühlen schien und wahrscheinlich das dachte, was er immer denkt: Daß er das Werk jetzt doch mal gründlich unter die Lupe nehmen sollte – und dabei war´s doch bloß die mangelnde Vorspielpraxis, die Buz nach Art eines Sünders streng am Kragen hielt, und ihn an der Entfaltung seiner natürlichen Genialität behinderte. Hi und da schimmerte „der große Geiger" durch, doch meist stand Buz leicht gekrümmt und wie gefesselt da, und nach dem letzten Ton begann Buz unverzüglich loszustimmen.
Rehlein hatte kurz von außen ein Kompliment hereingerufen.
Jetzt aber hatte Buz Mut gefasst, und spielte uns das Werk im Wohnzimmer nochmals vor, besser schon, doch nun galt´s, sein großes Lampenfieber vor Rehlein in Schach zu halten, und das Vorspiel war natürlich dazu gedacht, daß man sich so pö a pö vom „am Pranger Stehenden" in einen ansprechenden Erzähler auf der Violine verwandelt.
Am liebsten hätte man Buz natürlich mit Belehrungen und Gleichnissen dieser Art eingedeckt.

Mittags meinte Rehlein, Buz käme nun sicherlich bald von seinem Spaziergang zurück?

So zumindest hoffte man.
Rehlein hatte soeben mit Ming telefoniert, und Ming habe so müde geklungen.
Ming wollte, daß Buz sich immer *schriftlich* an ihn wende. Man habe so viel zu tun, Buz ruft ständig an, und am Telefon rede er immer so viel, und fände kein Ende.
Da wurde ich so traurig. Ming hat keine Zeit mehr für seinen alten Vater. Mehr noch: Ich machte mir Sorgen. Jetzt hat sich der Meineidkonflikt gelöst, und das könne doch gefährlich werden?
(Der jähe Herztod nach Konfliktlösung?)
Rehlein und ich aßen köstliche Gemüseteile und Rehlein konnte es kaum fassen, wo Buz wohl bliebe? Sie trichterte ihr welkes Ohr dem Klacken seiner Walkstöcke entgegen, während ich mich bereits mit dem Gedanken auseinandersetzte, er sei gestorben. Besser so rum, denn der größte Alptraum wäre es doch wohl, Buz bliebe eines Tages allein zurück.
Dies dachte ich äußerst unfroh, und innerlich wie gelähmt.

Die Ministerin hatte geschrieben. Sie schrieb Ming einen verschleierten und verschlierten Brief, der nichts aussagte, wie´s leider typisch ist.
Doch Rehlein hofft, daß denen der Arsch auf Grundeis geht.

Buz war wieder da, und saß bei uns zu Tische.

Die Rede war auf Kontrabassisten und Hornisten gelenkt worden, von denen Buz je noch zwei benötigt.
Ein 76-jähriger Herr hatte sich heut somit in einen Tag erhoben, an dem er das selten gebrauchte Wort „Einhorn“ verwenden würde, scherzte ich, und da Buz zwei Kontrabassisten an Land gezogen haben will, vergewisserte sich Rehlein:
„Dann brauchst du die Ute also nicht?“
(Eine Kontrabassistin von regionalem Kollorith)
Was hat man bloß gegen die Ute?
Beim Kontrabaß reiche es doch wohl, wenn´s nach „häuf´gem Darmrumore“ klingt?
Doch Buz lachte nicht.
„Da mußt du nicht lachen?!?“ frugen wir.

Bei Bio Fiedler:
Ich schaute in den Laden hinein, und sah Rehlein von hinten interessiert etwas studieren.
Wieder stellte ich mir vor, daß Rehlein spurlos verschwänd.
Ein letztes Mal sollte ich meine Mutter von hinten in einem Laden stehen sehen – bevor sie auf unerklärliche Weise verschwand.
(Dies sah ich als schlichten Eintrag in einem beklemmenden und berührenden Buch.)
Es wurde eine neue Verkäuferin gesucht: Für nur 38 ½ Std. körperlich anspruchloser Arbeit bezieht sie mehr als 1400 € Lohn (Brutto).

Samstag, 26. Juli

Zunächst sonnig, hernach Gewitter.
Dann milderte es sich wieder auf,
und der Abschied vom Tage
wird einem leider verdammt schwergemacht,
weil´s so schöne Wölkchen
in multiplem Farbglanz zu bestaunen gibt

Direkt vor unserem Hause fuhr eine rostbraune obdachlose Schnecke des Weges, und fast hätten die Gene der väterlichen Seite in mir hierzu geschwiegen, doch die Gene der mütterlichen Seite stemmten sich dazwischen, und bangten drum, daß die doch wohl nicht auf die Idee käm, in unserem Garten Eier abzulegen? Und so schaufelte ich sie auf, um sie zusammen mit den bösesten Gedanken die es überhaupt gibt, in den Hartwigschen Wald hinabzuwerfen.

Beim Joggen malte ich mir aus, wie sich das Orakel für die Midori im nächsten Jahr erfüllt:
Die Midori kommt mit ihrem Kinde nach Aurich, und dort gefällt es ihr bereits auf den ersten Blick so gut, daß sie beschließt, für immer zu bleiben.
Der Ostfriesenzeitung erzählt sie folgendes: „Ich lernte die Königs kennen und beschloß: Dies werden meine neuen Nachbarn. An deren Seite möchte ich alt werden. Mein

kleines Kind soll mit dem Yaralein spielen, und die Auricher Lamberti-Schule besuchen!"
Ohne Reu kehrt die Midori dem Moloch Los Angeles für immer den Rücken.

„Sei einen Moment mal leise!" bebellte mich Buz, dieweil er sein Ohr auf ein Spektakel in der Dröhne gerichtet hielt:
Einem hochenergetischen Werk von Rameau, wie sich herausstellte. Ein Achtelhalmgebilde bestehend aus lauter Notenkämmen wie in Vivaldis Stürmen, höchst originell instrumentiert, und außerdem ging´s immer weiter, auch wenn man beständig dachte, nun sei aber Schluß!
„Das war un-glaub-lich!" flüsterte Buz vor Ergriffenheit.
Das Orpheus-Chamber Orchestra war´s, und also erzählte ich ein bißchen von diesem Klangkorpus, da ich ja über (fast) alles etwas zu erzählen weiß, und wüßte ich nichts, so würde ich etwas erfinden, das passen *könnte.*
Über dieses Kammerorchester hatte ich einmal einen Film gesehen, aus dem hervorging, daß jeder einzelne Musiker sein Veto hat.
Und da es leider so viele verschiedene Meinungen gibt wie Menschen, wird immer bloß erbost durcheinandergestritten, ob man die Achtel wohl lieber gestoßen oder gehüpft spielt, – und dererlei halt.

Rehlein berichtete plastisch, wie zwei Interpreten aus dem Quartetto di Cremona einmal kurz vor einer Prügelei standen.
Viele, unter ihnen auch der Herwig, sind jedoch der Meinung, die Musikanten *müssten* sich zoffen, damit die richtige Spannung hergestellt wird.

Zum Mittagessen sprach man über den Besuch in Bayreuth im Jahre 1963.
Rehlein mußte einfach bei einer fremden Frau im Bett schlafen, und dies kostete hinzu noch eine Menge Geld.
Vom sonstigen Drumherum hat Rehlein indes ganz viel vergessen, da sie von Heimweh nach ihrem süßen kleinen Baby verzehrt wurde, und darüber hinaus große Angst hatte, Mobbl, der man die Kleine aufs Auge gedrückt hatte, würde irgend etwas falsch machen?
Unfaßbar wäre es natürlich gewesen, wenn Rehlein nach Hause gekommen wäre, und die Mobbi ihr einfach einen anderen Säugling gereicht hätte, den sie auf die Schnelle aus einem Kinderwagen vor dem „Stüßgen"* geraubt hat?
*Historischer Supermarkt, wo Omi Mobbl einst einzukaufen pflegte.
(„Kinder verändern sich manchmal von einem Tag auf den anderen totaal!")

Sonntag, 27. Juli
Ofenbach – Rasthof Bayerischer Wald

Hi und da lächelte die Sonne,
doch es gab auch Regengüsse
und vorbeiziehende graue Wolken zu beklagen

Auch wenn Rehlein gestern geraten hatte, heut auszuschlafen, erhob ich mich dennoch früh, und zwar, um mich vor der namenlosen Angst, welche die Schwerdepressiven unter uns in den Morgenstunden zu erfassen pflegt, zu ducken.
Das große Lampenfieber vor dem Musio war etwas versickert, doch die Hauptangst ist ja jene, man habe Rehlein zum letzten Mal gesehen, und mein Herz verwandelt sich bei diesem Gedanken in einen kleinen Keks, an dem ein Hamster namens „Angst" herumnagt, ohne daß er davon kleiner wird.

Rehlein, zwar süß und hippelig, wie es eben doch nur eine Mutter sein kann, war schrecklich nervös, indem sie so ziemlich alles, was Buz so von sich gab, rasend stimmte.
Buz hat immer kleine Ideen: Welche Hos man z.B. mitnehmen oder dalassen könne, doch all diese Ideen beißen sich drastisch mit dem roten Faden, den Rehlein bereits für ihn zurechtgesponnen hat.
Rehlein hatte Buzens Koffer so appetitlich gepackt, und sich sooo viel dabei gedacht.

Es fühlte sich an, als solle der 10-jährige Sohn erstmals auf eine Schülerfreizeit geschickt werden.

Ich hatte Buzen ein Puppenstubenbrotstück auf den Teller gelegt, und wollte es dann doch behalten.
„Ich liebe Knusen!“ verriet Buz, und so gab ich es ihm wieder zurück.
Fast hätte Rehlein die Eier vergessen, und zwar so fast, daß sie fast hart geworden wären.

Theoretisch könnte Buz für seine Debussy-Sonate einen Beta-Blocker einschmeißen, damit er nicht so aufgeregt ist? Ein Trick, mit dem die Veronika einst alle Probespiele gewann. Sie lieferte ein verschlafenes Mozart-Konzertchen ab, und in der Kommission hieß es: „Wir wollen ja kein Genie. Wir wollen einen sattelfesten Geiger für dies Pöstchen. Jemand, der nicht alleine im Ziel eintrifft – mehr nicht!“

Ich wollte wissen, wer nun im Hause des verstorbenen Herrn Schüt - Buzens letztem väterlichen Freund - lebe?
Gar niemand. Es stünde leer herum.
Ob Buz dort nicht über die Sommerwochen leben könne, denn bei uns würde es eng & stressig, beugte ich im Sinne Ming & Julchens vor.
Natürlich: Wenn ein Vater gestorben ist, findet sich wohl kaum die Kraft, sein Haus, und mit ihm die ganzen Erinnerungen zu räumen, und Fritz-Werner, der älteste Sohn des Verstorbenen, wäre sicherlich

froh und dankbar, wenn Buz ganz dorthin zöge, und einfach das Leben vom „alten Fritz" fortsetzen würde, so daß man auch der Haushälterin nicht extra kündigen müsse?
Samstag-Vormittags herrsche dort immer ein offenes Haus.
Eine wunderschöne Idee, die dem alten Fritz vor vielen Jahren einst gekommen war. Etwa 60 gute Freunde, darunter auch wir, fanden in ihrem Briefkasten eine Dauereinladung vor:

Jeden Samstag ab 10 Uhr:
Offenes Haus.
Geselliges Beisammensitzen bei Tee und Gebäck.
Ein Jeder ist herzlich willkommen!

Die Haushälterin kochte Tee und bereitete Häppchen zu, doch in den letzten Jahren ist gar niemand mehr gekommen, und alle haben sich immer bloß vorgenommen, „bei Gelegenheit mal wieder hineinzuschneien".
Aber diese Gelegenheit ergab sich nie, und nun ist der alte Herr gestorben.
Die Besuchsebbe war auf´s Alter, den häuf´gen Darmrumor und auch darauf zurückzuführen, daß der alte Fritz immer nur die gleichen Geschichten über seinen Onkel Richard Aden, den gefürchteten Mathematiklehrer, erzählte, - doch wenn man nun

hört, daß Buz der neue Hausherr ist, so kommense ja vielleicht doch alle wieder?
Ich behandelte Buz einfach so, als lebe er bereits dort, und Rehlein warnte vor der Gefahr, sein ganzes Hab & Gut in einer fremden Wohnung zu verteilen.
Wir sprachen über die großformatige Bruch-Partitur in Buzens Koffer, den allerdings *ich* nach Aurich schaffen soll, so daß Buz die Partitur, an der er so viel Freude hat, über den Wolken nicht studieren kann.
Buz findet es sehr wichtig, die Partitur zu studieren, da er darin erfährt, wer etwas Wichtiges zu sagen hat. „Aber das hört man doch!“ warf ich ein, „na, du vielleicht nicht, weil du ja das Aspergersyndrom hast!“
Dies klang grad so, als sei´s von einer höheren Tochter ausgerufen worden, doch ich färbte meine Stimme wie alle Tage wohlwollend und herzlich, statt patzig und zankeslüstern ein, wie Buzen wohl auch eine Tochter von gänzlich andrem Schrot & Korn hätte geliefert werden können?
Rehlein ergriff Buzens Partei:
In der Eisenbahn habe sie einmal die Partitur von den Brahms-Sextetten studiert, und das sei so schön gewesen! Allerdings nur, weil sie die Werke kannte.
Wir zeigten Buz das Bild, das das Pröppilein gestern gemalt hat, und von dem nur zu hoffen ist, daß andere die große Genialität, die ich darin zu erblicken glaubte, ebenfalls bemerken:
Drei Gesichter.

Dieses Bild hat das Yaralein ganz alleine gemalt! hatte Ming stolz dazugeschrieben.
Ming hatte mir erzählt, daß das Yaralein schwäbische Gene habe, und das Blatt auf beiden Seiten zu bemalen pflege.
„Sehr schön", sagte Buz nur.
„Und hochmodern ist es auch!" fügte ich Buzens knappen Worten noch etwas abrundendes hinzu.

Bei Youtube suchte ich mir eine Aufnahme mit der Mendelssohn-Sonate heraus, und hörte mir eine blonde Studentin aus Freiburg an, die leider nicht so besonders gut spielte: Den letzten Satz spielte sie mit gezogener Handbremse, und leider ist es so, daß Freiburg einfach zur Hochburg der Violinisten ernannt worden ist, so daß die Freiburger wie selbstverständlich bloß *ihre*, meist eher mittelmäßigen Studenten spielen lassen, und gar nicht mehr auf die Idee kommen, bei der Auswahl der Interpreten überhaupt auf eine gehobene Qualität zu achten.
Die „Musikhochschule Freiburg" gilt einfach als Qualitätssiegel für Violinisten.
Buz zappte nach verschiedenen Mendelssohn-Interpreten.
Einmal spielte Hillary-Hahn ohrringsbehangen das Violinkonzert, und das gebügelt und gepflegte Spiel wirkte vom Tempo her etwas „überhängend", d.h. viele Geiger fühlen es bei dieser Aufnahme sicherlich

in den Fingern jucken, da mehr Pepp hineinzubringen? (Darunter auch ich.)
Rehlein wurde ganz nervös von dem Lärm, doch nun ertönte das Mendelssohnsche Doppelkonzert für Violine und Klavier mit Gidon Kremer und Martha Argerich, die beide auf dem Foto so glücklich ausschauen, da sie einander so gut tun. Dies, aber auch das Spiel, gefiel uns allen sehr.

Buz und ich fuhren ab.
Zuerst tankten wir, und als wir weiterfuhren, erzählte ich Buzen, wie eine rohe und boshafte Tochter, deren es ja auch sehr viele gibt, ihren armen alten Vater womöglich einfach hier an dieser Tankstelle zurückgelassen hätte? Am nächsten Tag läse man dann in der „Krone“:
„Entmenschte Tochter lässt alternden Vater hilflos an Tankstelle zurück“.
Zunächst war Buz leider einsilbig wie ein Pubertierender, dieweil ihm in meinem Windschatten nichts zu reden einfällt. Dann nestelte er am Radio herum, doch ich gebot dem Einhalt.
„Unterhalte mich!“ befahl ich.
Doch Buz wüßte nicht, mit was man eine Dame wohl unterhalten soll?
Ich wußte es ebenso wenig, und bat Buz somit, mir die Franck-Sonate vorzusingen. Und Buz tat´s!
Dann durfte er eine Sandor Vègh-Imitation machen.
„...habe ich gedacht, er versteht etwas von Artiiiiikulation.. aber nein!“ parodierte Buz den

polternden Violinlehrer und Schrecken einer ganzen Geigergeneration so entzückend.
Buz erzählte vom Schüler Gaiser, der sich mit den Worten, er sei der beste Schüler von Sandor Vègh vorgestellt habe.
„Aber nicht mehr lange!“ habe der junge Buz siegesgewiss gesagt.
In der Violinstunde habe Sandor Vègh den Schüler Gaiser einmal gebeten, Buzen zu kritisieren, und man kann sich ja denken, wie das wohl war?
„Er nimmt zwanzig verschiedene Tempi!“ sagte der junge Aufstreberling unsicher und gleichzeitig beifallheischend wie ein kleiner Yorkshire-Terrier.

Schweren Herzens lud ich Buzen am Flughafen Wien-Schwechat ab.
Beim Abschied war Buz sehr besorgt, die Navigatöse könne mich aus purem Unverstand durch die Stadt mit all ihren Ampeln und anstrengenden Einfädeleien schwemmen? Dann entschuldigte er sich bei einer Dame, der er den Weg versperrt hatte.
Doch die Dame ging auf die versnobte Art einer reifen Wienerin überhaupt nicht auf Buzens freundliche Worte ein, und lief auf unpersönlichste Weise einfach weiter. (Empörungssmilie)
Rehlein und ich hatten vereinbart, am Abend zwischen neun und halb zehn zu telefonieren.
Zu dieser Zeit hatte ich die Raststätte „Bayerischer Wald“ erreicht, und nun - um es mit poetischen

Worten dem Frifuß zu sagen - hatte die Nacht den Himmel schwarz gemacht.
Als ich vom Parkplatz aus zur Tankstelle lief, fühlte sich die Luft so wohlig und schön an: Ein Sommernachtspaziergang. Und doch griff nun eine kalte Hand nach meinem Herzen: *Was, wenn ich Rehlein anriefe, und Rehlein hübe nicht ab? Sie hebt den ganzen Abend nicht ab, und ich werde verrückt vor Sorge?!*
Doch Rehlein hob ab, war allerdings ihrerseits etwas in Aufruhr, da sich Buz nämlich noch gar nicht gemeldet hatte.
Man hatte ihn auf den Flughafen gebracht, und dort hatte sich seine Spur für uns verloren!
Und wieder stak man in einer flügelschlacklerischen Sorgerei, welche die Gedanken umklammert hielt.

Montag, 28. Juli
Rasthof Bayerischer Wald – Grebenstein - Aurich

Sehr warm. Meist sonnig, zuweilen bewölkt.
Vergebens wartete ich
auf die Starkregene im Münsterland,
von denen im Radio zuweilen die Rede war

Ich schlief ein paar Stunden im Auto, um sodann mit dem ersten Hahnenschrei weiterzufahren, doch bald schon fuhr man nur noch zähflüssig durch Baustellen, und im Radio hörte man hinzu von den furchtbaren Starkregenen, welche die Region um Nürnberg herum so stark beprasselt hätten, daß ein Freiluft-, oder auch Classic-open-air-concert (wie der moderne Mensch wohl zu schreiben pflegt) abgesagt werden mußte, da der Regen die Bühne begischtete, und man somit um die teuren Instrumente bangen mußte.

Kurzer Besuch bei der Ulla.
Die Ulla mußte noch schnell duschen, denn ihre Kinder warteten im Eiscafé auf sie! Ja, ich durfte mir derweil heißes Wasser für meine Thermosbuddl kochen.
Die Ulla duschte mit freudiger Hingabe – denn endlich weiß man mal, wofür man duscht!
Sie hatte immer gemeint, von den jungen Leuten nur als kostenlose Übernachtungsstätte genutzt, und darüber hinaus gar nicht richtig wahrgenommen zu werden.
„Meine Kinder brauchen mich nicht mehr!" dachte sie oft, aber eines Tages schienen die Kinder diese Gedanken plötzlich zu spüren, und waren nun doch noch rechtzeitig auf die Idee gekommen, die Mutter wenigstens mal ins Eiscafé einzuladen.
Und dieser Tag war heut.
Morgen Abend fährt die Ulla nach Essen, um zusammen mit ihrer Schwester Gerda, die in die Rückblicksphase gekommen ist, in einer kleinen Reise die Stätten ihrer Kindheit abzuklappern. Jetzt

sei man gerad noch in der Lage, dies zu tun, und in fünf Jahren ist man womöglich zu alt?
Mitten in diese Erzählung hinein platzte ein aufgescheuchter Anruf. Es ging um die Kasse, auf die die Ulla aufgepasst hat, und aus welcher eine Frau sich einfach 100 € genommen habe!
Aber all diese Probleme zerfallen ins Nichts, wenn man seine Gedanken Gegenschwiegeropi „Klaus“ hinterherschickt, der gestern ins Kasseler Großklinikum geschafft worden sei: Nasenbluten ohne Ende – vermutlich Leukämie! Man dachte schon, er stirbt, doch nun hat sich der Schicksalsgebeutelte nochmals ein bißchen berappelt.
Ungeachtet dessen, daß sie mir die Geschichte schon mal erzählt hat, erzählte mir die Ulla jene Geschichte erneut, wie sie über den Klaus befremdet gewesen sei.
Ja, er habe große Probleme! hatte er zugegeben.
„Aber damit muß man doch mit jemandem reeeden!“ hatte die Ulla wiederum mit ganz besorgtem, ernsten Nachdruck zu bedenken gegeben.
Das sagt sich alles so schön, doch leider gibt´s ja tatsächlich Probleme, über die man mit niemandem reden kann.
Wenn man z.B. der Würger von Hessen ist!
Erst vorhin in Kassel hatte ich über einen merkwürdig langsam fahrenden Autofahrer gedacht: „Wenn das man nicht der Mörder der 19-jährigen

Gelegenheitsprostituierten Nicole F. ist?“ und nun dachte ich es auch noch über den Klaus.

Dann fuhr ich nach Hofgeismar, wo ich dreierlei erledigen wollte. Doch nur ein Drittel davon schaffte ich: Ich brachte die Hörbücher in die Bibliothek zurück.

Kaum 24 Stunden nachdem ich mich von Rehlein verabschiedet hatte, parkte ich „am Anger“ in Hofgeismar.
Ach, wäre das schön, wenn ich plötzlich mitten in Hofgeismar völlig überraschend *die Oma-Mobbl träfe, die mir die Zahlen für den €urojackpot nennt! Und wenn ich mich umdrehe, ist die Mobbi verschwunden.*
Doch vor lauter Verblüffung habe ich mir die Zahlen nicht gemerkt…
Meine beiden anderen Aufgaben wären gewesen:
Ein Armband für meine Uhr (für mich wichtig), und weniger wichtig: Ein neues Händi zu besorgen, und dafür hatte ich mir bereits Worte zurechtgelegt: „Ich nehme das allerschäbigste- und billigste das es überhaupt gibt!“
Auf dem Weg in die Innenstadt aß ich die getrockneten Ananas-Scheiben, die mir das süßeste Rehlein als Wegzehrung mitgegeben hat, und dann betrat ich den Buchladen. Dort stand ich aber, so wie immer nur herum, und kaufte der Dame gar nichts ab, was mir sehr peinlich war. Man steht raumeinnehmend da und fühlt sich wie ein Arschloch!

Wenn man dies wenigstens in verbindende Worte kleiden würde!
„Ich stehe herum, und fühle mich wie ein Arschloch!“
„Alles gut!“
Stattdessen: „Tschüühüss!“ (nach einer Weile.)
Ich fühlte mich so matt, und stellte mir vor, wie ich nach Aurich zurückkehre. Doch ich bin nicht mehr diejenige, die man kannte. *Fiebrig und krank lege ich mich ins Bett und versterbe noch am selben Abend.*

Auch Buz war gut in Aurich angekommen!
Leider war kein Bett für mich frei, und so bettete ich mich für die Nacht auf´s Sofa.

Dienstag, 29. Juli
Aurich

Wunderschön und warm

Zweierlei verdarb mir die Nacht: Das Pröppiphon an der Wand, das alle zwei Sekunden „Önk Önk!“ machte, und der Jammer, daß das Sofa leider zu kurz für mich war. Mal schlief ich somit mit emporgewinkeltem Haupt, dann wiederum mit hochgelegten Füßen, und doch hofft man irgendwie, die Nacht möge niemals enden, da man hier in Aurich

leider knöcheltief im Wimmelsud steckt, und keinen rechten Halt findet. Man watet angestrengt durch den Alltag, und es ist kein „woher, wohin und wozu" zu erkennen.
Wie in einem Alptraum hat sich mein Hab & Gut ungut im ganzen Hause verteilt, und mein kaputtes Ührchen rundet den Verdruß ab. Abgesehen davon, daß man jetzt nicht mehr gescheit disponieren kann, muß man hinzu höllisch aufpassen, es nicht zu verlegen.

Ming begann bereits damit, stringenten Schrittes das Frühstück auf der Terrasse aufzubauen, und extra uns zum Torte ließ Frau Sophie Oettken im Garten nebenan ihr Radio aufdudeln, um es uns schmerzlich und wachrüttelnd unter die Nase zu reiben, daß nicht nur wir ein Monopol auf Musik hätten.
Beim Frühstücksaufdecken tat es mir besonders um Buzens Nerven leid.
Ich erwog, Frau Oettken freundlich von Frau zu Frau zu bitten das Radio kurzzeitig abzuschalten – und nur der Gedanke, auf meinen gebündelten Mut hin von einem dumpfsinnigen: „Biddö???" bekläfft zu werden, hielt mich von diesem Schritt vorerst ab. Springt ein Schüchterner über seinen Schatten, und versucht dem Unfug Einhalt zu gebieten, so kommt es in den Sinnen der Gegenseite oft empörend rüber, während andererseits ein resolut auftretender Mann wie Ming womöglich eine Grundsatzdiskussion

entfachen würde, die zu verhärteten Fronten führen könnte?
„Normalerweise begrüße ich es sehr, wenn jemand lecker Musik hört – aber heute habe ich leider so entsetzliche Kopfschmerzen!" probte ich verbindende Worte vor, zu denen Frau Oettken das Gedudl sicherlich ohne Federlesen abschalten würde?
Doch die häßliche Musik verklang ganz von alleine.

Ich lernte das Pröppilein auf dem Arm von Mutti Julchen erneut kennen, doch zunächst drehte es den üppigen Lockenkopf in die andere Richtung. Dann besann es sich allerdings um, und integrierte mich augenblicklich in seinen Bekanntenkreis, indem es mir jetzt allerlei Besitztümer vorführte: z.B. eine beleuchtbare Maus.
Dazu sagte es „Maus", und einmal warf es mit dem weichen Ball und sagte: „Tooor!"
Zusammen malten wir ein Bild an dem kleinen Tischlein, das der Opa Willi aus dem Internet bestellt hat, damit das Pröppilein gescheit arbeiten kann.
Ich zeichnete einen Menschen, und erklärte alles genau: „Das ist die NASE! Und das ist der Mund. Der Mund muß rot angemalt werden."
„Der Mund ist dazu da, um Küßchen zu verteilen", belehrte ich das Pröppilein für´s Leben, doch das Pröppilein wendete sich anderen Dingen zu, und geht, grad wie früher, nie groß auf meine Worte ein, so daß ich es nicht so besonders gerne sitte.

Ich schaue es allerdings sehr gerne an, und stellte freudig fest, daß es richtig schöne Beine bekommen hat.
Beim Frühstück richtete ich somit ein Beinkompliment an die junge Mami.
„Das ganze Baby ist schön", formte das Julchen meine Worte noch etwas besser aus.
Gerne wälzt man die Oberaufsicht auf mich ab: "...zeig der Tante Kika..." heißt es dann, während mein Ohr doch grad an den bannenden Erwachsenenthemen klebt.
Buz schilderte soeben etwas aufschneiderisch, wie früh *ich* einst mit dem Reden angehoben habe.
Doch bald darauf erhob man sich aus dem bergenden Trog des gemeinsamen Frühstücks, und hernach wurde das Leben mühsam.
Buz borgte sich mein Auto aus, um damit ein Eigenleben zu führen.

In schönstem Sonnenschein radelte ich in die Innenstadt. Es galt einen Stapel Briefe einzuwerfen, - vom Julchen gewissenhaft beklebt. Zusammen mit mir radelte der „Konflikt der Unfähigkeit mit der Tüchtigkeit anzuheben", in die Stadt hinweg.
In der Vitrine vor dem Juwelier Kittel freute mich ein zierliches Ührchen zum Jubelpreis von 19,90 € und vor dem Laden wurde ich überraschend von Herrn Großmann begrüßt, einem beleibten Lehrer mit grauwollenem Vollbart – kurzum einer Variante von Johannes Brahms.

Adelheid, seine Frau, befände sich ebenfalls in der Nähe.
„Haben Sie abgenommen?“ frug er mich gar, um im gleichen Atemzuge zu erzählen, daß er sein Lebensglück nicht mehr von seiner Leibesfülle abhängig mache.
Ich betrat den Shop und fand im Inneren auch eine kompetente Verkäuferin, die allerdings zunächst von einer Kundin in einem Gespräch vereinnahmt war. Bei fast allen Damen in Aurich muß man sich fragen, ob dies wohl die Nämliche ist, die uns damals den feindlichen Brief geschrieben hat?
In ihrem Inneren hängt ein gänzlich falsches Bildnis der Familie König, welches aus subtilen gemeinen Andeutungen der BÖSEN aus der Landschaft zusammengewoben worden war:
Neidisch, mißgünstig, Nichtskönner, die an das große Geld wollen!
Doch diese Verkäuferin löste einen angenehmen Plauderschwung aus, und nachdem ich ihr das Ührchen abgekauft hatte, schwatzte ich ihr auch noch ein Bonbon ab.
Als ich den Shop wieder verließ, hatte sich Herr Großmann mit einem Herrn angefreundet, und die beiden Herren saßen einträchtig plaudernd auf einer Bank. Jetzt sei die Adelheid nur kurz am Obststand, und bei einem verstohlenen Blick in diesen Winkel erblickte ich Frau Spuhn.
„Nein, ich habe keine Lust zu erörtern, daß Mutti jetzt hauptsächlich in Wien ist!“ dachte ich, denn

dies fragen sie mich alle: „Mutti nun hauptsächlich in Wien??“ und dies seit 15 Jahren.
Und so radelte ich rasch heim.

Zuhause probten Ming und ich die Mendelssohn-Sonate.
Ich hatte mir so viel ausgedacht, doch Mings Probenart saugt mich irgendwie aus, da der stringente Ming alle Nas lang unterbricht.
Man fühlt sich als dummes Ding, das bei einem alternden Professor vorstellig wird. All das Schöne und Inbrünnstige, auf das man doch so stolz war, zerschellt schon *vor* den Toren der welken Ohrmuschel, und stattdessen werden irgendwelche Dinge hervorgestochert, die einen doch überhaupt nicht interessieren.
„Aber nicht zu viele Betooonungen!“ sagt Ming oft. Noch öfter jedoch klingelte das Telefon, und leider fühlte ich mich bald schon wie ein Zelt, aus dem die Stäbe herausgezogen worden waren. Saftlos, und meines freudigen Selbstbewusstseins, das ich in Ofenbach so schön aufgebaut habe, beraubt.
Später nutzte ich jede freie Sekunde, um mich auf der Geige zu verbessern, doch Ming nahm auch das Heft zu meiner Alltagsgestaltung in die Hand und riet, mich etwas sommerlicher einzukleiden: „Shorts, ein T-Hemd, und vorallendingen die schwarzen Socken abzupfen!“ stöhnte Ming über so viel Unverstand.

Mittags rief Buz aus der Stadt an und frug, ob ich Lust hätte, mich mit ihm zu einem gemeinsamen Mittagsmahl zu treffen? Doch so gern ich diesem Lockruf auch gefolgt wäre, lehnte ich das Ansinnen schweren Herzens ab, um stattdessen jede Sekunde zu verüben. „Du wirst es mir doch wohl hoffentlich nicht verübeln, daß ich jede Sekunde verübeln möchte?“ erlaubte ich mir ein kleines Wortspiel.
Man übt und übt, und es ist immer nicht genug, und ich glaube, Ming nervt die viele Überei.
Er erzählte, wie er Buz gestern Debussy hat üben hören:
„Dui-ui-dui-ui...“ In der gönnerhaften Arroganz der neuen Generation lacht Ming über Buzens Bestrebungen, jede Kleinigkeit tausendfach geschliffen und geübt darzubieten, und niemals zufrieden zu sein.

Ming und Julchen wollten die Zeit, während das Pröppilein im Garten schlief dazu nutzen, endlich die anstehenden Werke für zwei Klaviere zu üben. Doch bevor man noch den ersten Akkord angeschlagen hatte, war das Pröppilein bereits wieder erwacht. Es versuchte ein bißchen zu weinen, doch als niemand hinhörte, bemühte es sich herbei, um das musizierende Klavierduo zu molestieren.
„Das war´s dann wohl!“ seufzte das Julchen.
Ich bot an, aufs Pröppilein aufzupassen.
„Das wäre gut!“ sagte Ming, der stets um Sonnenschein nach allen Seiten hin bemüht ist, doch das Julchen wiederum riet, erst im

Krankenhaus den Schlüssel für das Schwesternheim abzuholen, und so radelte ich durch schönsten Sonnenschein wieder hinweg.
Man hatte mir ein Zimmer im Schwesternheim in der Egelser Straße neben dem Krankenhaus reserviert, und darüber freute ich mich sehr.

Am Infotresen des Auricher Großklinikums saß eine vertrauenerweckende Frau, und händigte mir ein Kuvert aus. Es enthielt einen Schlüssel, und eine sorgsam ausgetüftelte Hausordnung auf einem gefalteten Blatt, und nun suchte ich sehr lange an einem jener Backsteingebäude herum, die nach und nach auf dem gemütlichen Krankenhaus-Areal erbaut worden sind, und dachte währenddessen an die Irma, die so wie ich heut, einst in ein Schwesternheim zog, weil´s daheim nichts als Stress und Zank gab!
Im Schwesternheim lebt man friedlich und bescheiden vor sich hin, und selbst der Gedanke, für immer dort zu bleiben, behagt.
Ich freute mich an vereinzelten Picknicktischen im sonnenbeschienenen Innenhof.
Auf den Bänken sitzen Leute, die sich vielleicht schweren Herzens mit ihrem baldigen Exitus abfinden müssen, so daß man schon wieder an den Frank in Ratzeburg denken mußte?
Die Nummer die ich gefunden zu haben glaubte, war zunächst ein klein bißchen falsch, und der Herr, der in der Nummer 13a lebt, würde am Abend

zurückkehren und sich sicherlich sehr wundern, wenn in seinem Bett eine fremde Frau läge?
Nein, der Schlüssel passte ja auch bloß für die Nummer 13, und ich freute mich sehr auf mein neues Zuhause, und ein neues Leben in diesem reinlichen Hause, womit ich am liebsten sofort angehoben hätte, doch zunächst galt es, daheim zusammenzupacken.

Bei uns daheim war niemand, und so nutzte ich die Zeit, um im Ashram weiter auf meiner Violine zu üben.
Nach einer Weile kam Ming und bemäkelte mich: Wie ich mein Fahrrad an die Wand gestellt, und die Schuhe im Flur hab stehen lassen?
Ming saß verdrossen auf der Terrasse und machte sich auf ansteckende Weise Sorgen, wie Buz wohl spiele? Ob er wieder den Leidenden hervorkehrt, und das Publikum Angst um ihn haben muß?
Vor unserem Hause hustete Buz schrecklich und beschloß, noch ein paar Schritte tun.

Ming und ich übten die Mendelssohn-Sonate, doch mich nervten die vielen Unterbrechungen.
Ich machte mir die schlimmsten Sorgen, Buz wäre in die Nacht hinaus entschwunden und durch eine Verkettung tragischer Umstände ums Leben gekommen. Angestrengt versuchte ich mit meinen Ohren Geräusche herbeizusaugen, die von seiner Heimkunft zeugten, doch später sah man ihn über-

raschenderweise ja doch ganz friedlich im Ashram vor dem Televisor sitzen.

Bei uns daheim stapelt sich der „Stern“ – dank eines Journal-Abbos, das das Julchen dem interessierten Ming zum Geburtstag geschenkt hat. Und nun erlaubte man mir, einen ganzen Stapel davon zum Beschmökern mit ins Schwesternheim zu nehmen. Damit kam ich zu später Stund in meiner neuen Behausung an.
Dadurch, daß ich fünf *Sterne* ins Schwesternheim geschafft habe, schien´s mir so, als lebe ich jetzt in einer 5-Sterne Residenz, und in der reinlichen und ruhigen Schwesternheimküche machte ich es mir gemütlich.

Mittwoch, 30. Juli
Aurich (im Schwesternheim)

Von kurzzeitigen
Wolkenabdämpfungen abgesehen,
ein schöner, angenehmer Sonnentag

Nach dem Frühstück pflegt Buz sich zu verdrücken, und sich im Laufe des Tages nur noch sporadisch als Teegast zu zeigen.
Er schwatzte mir meinen neuen Schlüssel ab, und ist froh, im Schwesternheim eine Nische gefunden zu

haben, wo er sich und sein Violinspiel den überkritischen Ohren des Herrn Sohns entziehen kann.
Und wie er dort übt, ist nur zu vermuten.
Noch aber frühstückten wir gemeinsam mit unserem Familienoberhaupt.

Am Vormittag hatten wir Besuch:
Die Dame Gerswind beehrte uns!
Für einen kurzen Moment wollte ich, oder aber auch Mobbl in mir, sich dieser Begegnung entziehen, doch dann war mir die Gerswind auf den ersten Blick sympathisch:
Sie stak in einer zarten Schmetterlingsflügelsportbüx und bewundernd schaute man auf eine sagenhafte Figur, deretwegen sich der Fritzi wohl keinesfalls nach einer Neuen umschauen müßte. Eine Figur, die das von den Jahren leicht gedörrte und wettergegerbte Gesicht mehr als wieder wettmachte.
Die Gerswind war so warm und inspirierend.
Wir hatten eine richtige Freude an dem Gast, der sich bescheiden mit einem Glas Wasser begnügte.
Sodann erfuhren wir, daß Gerswinds Vater Bodo an Parkinson erkrankt sei, und sich vom Leben zurückgezogen habe – Mutti Gerda indes ist nach der geplatzten Aorta von den Vortoten auferstanden, und lebt wieder auf Teneriffa.
Und so muß über die Gerswind leider gesagt werden:
Sie hat zwar eine Mutter, und hat doch keine…denn ob die Mutter nun auf dem Friedhof oder auf

Teneriffa lebt, macht doch für die Hinterbliebenen wohl keinen allzu großen Unterschied?
(„Komm uns mal besuchen, wenn Du in der Nähe bist!“ dieser Passus scheint wie auf einem Blatt Klopapier, das nach einem lang zurückliegenden Abschied im Hafenbecken liegengeblieben ist, nun vom Winde über die Weltmeere hinweg davongetragen zu werden…)
Über ihren unehelichen Schwiegersohn Adi Sauerzapf stöhnt die Gerswind ein bißchen, da sich die Daaje immer nur Männer aussuche, die fünf Stufen unter ihr stehen. Vor klugen Männern habe sie panische Angst, und ob sie raucht, weiß die Gerswind nicht so genau. Sie tut so, als rauche sie nicht, doch ob´s stimmt?
Ferner erfuhren wir, daß der junge Cellist Nikolas N. dem Buz so viel geholfen hat, leider an Krebs erkrankt sei, und durch die mörderischen Therapien sei nun auch noch sein Herz angegriffen worden.
Gerswinds 11-jähriger Sohn Camillo verändere sich gar nicht, und wächst auch kaum.
Und während all dies erörtert wurde, fuhren Omi und Opa vor, und brachten uns das schlafende Pröppilein zurück.
Mit unendlicher Sorgfalt schälte Mutti Julchen das appetitliche Bündel aus dem Auto heraus, um es oben im Elternzimmer liebevoll hinzubetten, und später malte ich mir zum Spaß noch aus, *wie ich das kleine Pröppilein hernach in dem saublöden Humore eines Christoph Göhler mit einem lauten Buh-Ruf erschrecke.*

Und wie es für Mutti Julchen zum Verzweifeln wäre, eine derart saublöde Schwägerin zu haben.

Pröppilein arbeitete mit dem Impetus eines hochkompetenten Arbeiters an ihren Bildern, indem es stets mit traumwandlerischer Sicherheit und einem in Jahrzehnten eingependelt scheinenden Erfahrungsschatz nach den richtigen Farben griff.
Wenig später freute man sich, daß Ming mit Leckereien aus der Pizzeria zu einem picknicksartigen Essen auf der Terrasse erschien.

Das süße Pröppilein fütterte mich mit einem Fleischstückchen.
„Ach, ist das schön, daß die Gerda nicht da ist!" sagte ich in wohligem Aufseufzen, angesichts des so schön ruhig daliegenden Nachbargartens, und das Julchen findet´s auch, so daß man von einer wohltuenden Woge der Verbundenheit getragen wurde.
Ming erzählte, wie Buz die Chinesen in Wallinghausen begrüßt, und hernach einfach ihrem Schicksal überließ, um mit dem Franz zu versumpfen.
Denkt man da nicht an den Carlo in Dubai?

Das Julchen kuschelte mit ihrem Kinde auf der Gartenliege, und ich stellte mir vor, *wie ich nach Art von Omi Kionczyk ständig auftauche, wenn das Julchen mal die Zweisamkeit mit ihrem Kind genießen möchte, um lauter uninteressantes Zeug an sie hinzubabbeln.*

Abends saß man gemütlich auf der Terrasse, und das Pröppilein spielte versunken in der Sandkiste. Man sprach davon, daß es die Fagottbläserin Rie mit ihrem riesigen Koffer als selbstverständlich voraussetzt, in Bremen abgeholt zu werden.

Abends bekamen wir überraschend Besuch:
Ulla Tauche mit ihrer Schwester „Gerda".
Zwei Damen, die beim Promenieren auf Erinnerungspfaden ganz zufällig durch die Graf-Enno Str. flanierten, und mich vor dem Hause beim Dichten erblickt hatten.
Erfreut bat ich die Damen ins Haus.
Das Pröppilein kniete derart konzentriert vor dem Bildschirm, daß es sich von nichts und niemandem ablenken ließ.
Später gab es sich auf Mings Schultern etwas knatschig, und die Ulla, die dem Würm einen herabgefallenen Bleistift hinaufreichte, bekam nichts als Undank.

Am Abend dichtete ich neben dem fernsehenden Pröppilein, und mit einem Male roch es auf!
Pröppi hatte ein Ei gelegt!
Ich trug das Wammerl hinüber zu den Erwachsenen und scherzte, daß es durch das gelegte Ei in der Hos so schwer geworden sei.

Zu später Stund radelte ich durch die Nacht zum Schwesternheim. Das hellerleuchtete Haus brodelte regelrecht vor ungebremstem Violinspiel. Buz, der sich unbelauscht fühlte, ließ seiner Genialität freien Lauf. Ob das durchdringende, intensive Violinspiel zu solch vorgerückter Stund die Nachbarn wohl noch entzückt hat? (23:58)

Donnerstag, 31. Juli
Aurich - Baltrum

Zwar schön sommerlich, so jedoch – besonders beim joggen – oftmals grau und stirnrunzlerisch bewölkt

In der Bäckerei Meyer ließ ich eine Brötchentüte für meine Lieben füllen, nachdem ich mich von der freundlichen Bäckerin gründlich hab beraten lassen. Hernach nahm ich dann vor aller Augen betont unauffällig den ganzen Stapel mit den Gezeiten-broschüren mit, um ihn daheim in der Tonne zu entsorgen – dort, wo er hingehört.
Ming war soeben dabei, sich aufs Rad zu schwingen, um die Bäckerei zu stürmen, und nun flog ihm die Brötchentüte nach Art einer gebratenen Taube einfach zu. Dies freute den süßesten Ming!

Zum Frühstück wurden wir von Telefonaten bombardiert, und eines davon nahm ich ab. Es kam von der Rosanne, unserem Kartenverkaufsfräulein.
„Ach so! Jetzt habe ich verstanden „Bildungsministerin Schawan!“ scherzte ich.
Man habe vergessen das Telefon umzuschalten, und nun bekäme ihre Familie all unsere dienstlichen und privaten Anrüfe ab.
„Von deinen Exen!“ bescherzte ich Buz, der immer sofort verstummt, sobald die anderen vom Telefon hinweggesogen sind, was ja praktisch ständig der Fall ist, so daß nur noch seine sterbliche Hülle etwas stumpfsinnig am Tische sitzt.
Als ich mal telefonierte, flog plötzlich ein Vogel ins Haus.
„Ming! Da ist ein Vogel ins Haus geflogen!“ rief ich aus Versehen ganz laut in den Hörer hinein.
„Das macht doch nichts!“ sagte Ming leicht tadelnd, und fing den Vogel alsbald ein, um ihn dem Pröppilein zu zeigen.
Pröppi saß die ganze Zeit brav vor dem Bildschirm und schaute die Sendung mit der Maus, so daß Julchen & Pröppi wie zwei Kolleginnen nebeneinander im Büro saßen.
„Maus“ sagte das Pröppilein hi und da ganz deutlich, und deutete mit dem kleinen Wurstfinger auf die Mattscheibe.

Buz in der Egelser Straße ist selig, ein eigenes Heim gefunden zu haben, in dem er nach Herzenslust herumfiedeln kann.
Nun aber mußte er seine Arbeit unterbrechen, um mich zum Hafen zu fahren.
Ich warnte Buz vor Flitzerblitzern, und riet, ein Feuerzeug zu kaufen, um auf dem Heimweg all die Gezeitenpappen mit den wirklich lachhaften Bildern – urige Musikanten am Meeressaum (Hahaha-Hohnlachsmilie) - an den Laternen abzufackeln, und da bog man bereits ins Hafenareal ein.
Buzens Feuereifer, mich nach Baltrum zu bringen, lässt sich nur damit erklären, daß er mit meinem Auto etwas vor hat, denn wie freudig er mich auf einmal bewunk, als ich mich zur Schiffsanlegestelle hin mühte – den Braten sicher in Händen haltend!
Nachdem er mich ausbewunken hatte, stieg er in mein Auto zurück, und vor ihm wackelte eine kugelrunde, stumpfe Seniorin, die Buzens Anfahrtsschwung sehr behinderte, so daß man gar nicht hinschauen mochte.
Es bließ ein scharfer Wind, und wenigstens war mir die ganze lästige Parkerei in den Baltrum-Garagen erspart geblieben. Auf der Reise nach Baltrum muß sich der normal empörbare Erwachsene normalerweise ununterbrochen ärgern, so daß man über jeden übersprungenen Ärger froh sein darf.
Im Wartehäusl dichtete ich drei Minuten lang ins Tagebuch, und schon näherte sich das Schiff, so daß die Seniorin in mir rasch zusammenpackte.

„Der ideale Urlaub für den Herwig!“ dachte ich, als ich mich durch die einrollenden Autos geschickt auf das Schiff zubewegte, „da könnte er seinen Ärger voll ausleben.“
Mich regt ja schon der Kapitän auf, den ich von den vergangenen 15 Jahren schon gewöhnt bin, und der mich so an den Musikschulleiter Seibold erinnert.
Eigentlich ist er ja nur ein simpler Kartenabrupfer in schmucker Uniform. Friesisch starrsinnig, unpersönlich, unbeugsam und gänzlich humorfrei tut er nur seine Pflicht.
Ich setzte mich ins „Schiff-Wohnzimmer“, dichtete weiter, und eine freundliche Frau sprach mich auf meine zierliche Schrift an.
Sie führe auch immer ein Reisetagebuch, verriet sie.
Ständig wurde man über´s Mikro aufs Aufdringlichste darauf hingewiesen, sich eine Fahrkarte zu lösen, und auch wenn man doch schon eine hat, so fühlt man sich die ganze Zeit zu Unrecht von einem aufdringlichst wedelnden Zeigefinger bewedelt.

Schon war das Schiff im Schlick von Baltrum eingesickert, und wenn ich zuvor noch groß getönt hatte, daß man sich auf Baltrum ununterbrochen ärgern muß, hier wurde ich eines besseren belehrt, denn ich wurde auf rührendste Weise so freundlich abgeholt:
Ich erkannte die beiden knusprigen Söhne von Frau Friebe sofort, und fand die goldig! Der 15-jährige Reemt trat so herzlich auf mich zu, als erhoffe er

sich eine Umarmung, und der Wilko kennt mich vielleicht noch nicht oder nicht mehr, denn das letzte mal, als ich ihn im Jahre 2000 sah, war er doch erst sechs Jahre alt!
Wilko hatte heute Geburtstag, und eine drahtige Blondine vom Festland, die von Wilkos Mutti als Überraschungsgast angeheuert worden war, hatte für freudige Verwirrung gesorgt, und hinzu einen großen Präsentkorb mit Leckereien der Firma Haribo mitgebracht, in dessen Mitte ein grünes Kuvert mit der schlichten Aufschrift: „Wilko" eingeklemmt war. Reemt setzte sich in eine Rikscha und zog das Wägele mit den Gepäckstücken hinter sich her, und Wilko ist ein junger Mann geworden, nach dem sich die ersten Mädchen umdrehen.
Ich fühlte mich pudelwohl in der angenehmen Dampfküchenatmosphäre der Insel, wenn auch einige Gebäude das Auge beleidigen, wie ich gleich anmerkte.
Ich mußte an das Pröppilein denken, und wie es vom Urlaub auf Spiekeroog begeistert war.
Die Freude über die schöne Luft und überhaupt die Schönheit der Insel wurde getragen vom angenehmen Grundgefühl, daß man im Grunde keinen Besitz hat, und es somit auch nichts zu bedenken gibt.
Nun waren wir am Gemeindehaus angelangt.
Aus der Bürotüre trat Frau Friebe, aussehend wie von Wilhelm Busch gezeichnet, mit ihrer Tochter Hiske, und Hiske hätte man beinah nicht

wiedererkannt, da sie sich so verändert hat. Fast ein bißchen an eine Satansbraut erinnernd: Ganz schlank geworden, die Haare geplättet und weißblond gefärbt, die Augen etwas schräggeschminkt, und in ihrem Dekoltée baumelte ein Kreuzerl als Zeichen ihrer Verbundenheit mit JESUS CHRISTUS.
Doch ihre süße herzliche Art hat sie sich bewahrt!
Ich zog in mein obligates Zimmer ein, und es hieß, mit meinem Violinspiel störe ich gar niemanden. Frau Friebe schwärmte mir vor, wie traumhaft schön es dieser Tage auf der Insel sei, und wie sich der Vollmond im Watt gespiegelt habe.
Und kaum war Frau Friebe dem Zimmer wieder entwichen, da hörte man sie im gleichen freundlich singendem Tonfall mit den Anderen weiterplaudern.
In meinem Zimmer übte ich unverzüglich los, doch nach einer Weile packte ich mir mein Picknick-Körbchen und marschierte hinweg. Ich befand mich auf der Suche nach einem Picknickseck.
Unterwegs sah ich viele interessante Leute:
Ich schaute sie mir alle an, und verweilte gedanklich noch eine Weile bei ihnen, während sie bereits aus meinem Blickfeld hinausgewackelt waren.
Eine Frau am Wegesrand sprach mit ihrem Mann, und in ihrem Gesicht, das sie doch dem ihr angetrauten Gatten entgegenreckte, spiegelte sich so gar nichts Verbindendes. Es handelte sich einfach um ein verschwitztes, breitflächiges, herbes Frauengesicht ohne jeglichen Anflug von Humor, und ich

mußte dabei gleich an die böse Frau in Australien denken, die einfach einen Mord beging.
Meine Gedanken wanderten zu Paula Rader, einer Dame in den USA, die einmal eine Härtescheidung durchgesetzt hatte, da sich ihr scheinbar braver und biederer Ehemann als grausamer Serienmörder entpuppt hatte.
Die letzte Erinnerung an ihren Mann:
Ein freundlicher, liebevoller Abschiedskuß so wie immer, dann fuhr er zur Arbeit und kehrte nie wieder.
Er kehrte nie wieder, weil er unterwegs verhaftet worden war, nachdem er die Stadt 30 Jahre lang in Angst und Schrecken gehalten hatte.
Heute lebt die Paula irgendwo im Dickicht Amerikas, und da sie ihren Nachnamen mit Abscheu abgelegt hat, weiß man nicht einmal mehr wie sie heißt.

Dann setzte ich mich auf eine Bank am Wegesrand und picknickte.
In einer Kinderkarre saß ein sehr maskulin wirkendes Kleinkind, das zuweilen hohl und schrill aufplärrte, doch einmal lernte es, wie man „Winkewinke“ macht.

Frau Friebe vor dem Gemeindehaus plauderte mit zwei jungen alternativen Klampfenspielern, („die neuen Frommen kommen“) meinen neuen Nachbarn, die ich mit meinem Violinspiel so hemmungslos vollgeschwallt hatte.

Nach dem Konzert schlenderte ich in sanftem Abendwinde und silbrig getöntem Spätdämmer auf der Insel herum:
Ich dachte an den Gaßmann, der früher allsommerlich in der Kirche hier auf seiner Gitarre zu konzertieren pflegte.
Doch er melde sich gar nicht mehr, hatte mir Frau Friebe noch erzählt.
Er sei traurig, daß seine Verwandten auf der Insel nie ins Konzert kommen, und die Verwandten wiederum sehen es nicht so gern, wenn er im Sommer überhaupt kommt, da die sou viel zu tun haben, wie Frau Friebe plastisch, und mit plattdeutschem Einschlag zu erzählen wußte.

Personenverzeichnis:

Adi Sauerzapf, (*um 1994) unehelicher Schwiegersohn von Mings Exe Gerswind

Akio, Spezi Buzens. Brillianter Fagottist bzw. „Fagottobureedsa", wie der Japaner sagen würde. (*1955)

Annelise, in Wien lebende, schwäbische Flötistin und Mutter von vier Kindern. (*1966)

Annelotte, Exe von meinem Onkel Rainer in Kanada (Geburtsjahr unbekannt)

Annerose, Freundin aus Japan (1939 – 2012)

Axel, Bratscher aus Kärnten (*1967)

Backe, Frau, Frau in Aurich (*1940)

Bea, Tante mütterlicherseits in Kalifornien (*1943)

Bodo, (*1940) Vater von Mings Exe Gerswind

Carlo, (*1963) Sohn von meiner Tante Uta in Italien

Cullmann, Landschaftspräsident in Ostfriesland (*1939) – um ihn mit Worten von Erika Mann zu charakterisieren: Unbedeutend bis zum Rührenden

Deak, Nachbar in Ofenbach (*1965)

Degerlocher Oma, Rehleins Oma mütterlicherseits (1886 – 1969)

Dieudonné, Susanne, Sängerin und liebe Freundin in Ratzeburg (*1961)

Didi, Tante, (*1930) Tante von meiner Freundin Mika

Dölein, Onkel mütterlicherseits in Florida (*1936)

Frank, deren gibt es zwei: a) Rehleins Vetter (*1957) und der Ehemann von meiner Freundin Susanne in Ratzeburg (*1950)

Franz, Buzens emsigster Jünger – ein Taiwanese (*1968)

Friebe, Frau, Pfarrerin auf Baltrum (*um 1954)

Friedel, (*1962) Sohn vom Onkel Rainer

Friedemann, Schüler Buzens (1958 – 2014)

Fritzi, Ehemann von Mings Exe Gerswind (*1970)

Fritz-Werner, (*1944) ältester Sohn von Buzens jüngste verstorbenem väterlichem Freund Fritz in Aurich

Gaßmann, Gitarrist aus Worpswede (*1953)

Gerda, Nachbarin in Aurich (*um 1940)

Gerswind, Mings Exe (*1964)

Gertrud, wunderbare, wenn auch leider nicht mehr ganz junge Fagottistin in Lübeck (*1941)

Gretel, Nachbarin in Aurich (*1938)

Grindenko, Tatjana, (*1946) ukrainische Geigerin, Exe von Gidon Kremer.

Großmann, Wolfgang und Adelheid, älteres Ehepaar in Aurich/Ostfriesland (* zwischen 1940 und 1943)

Hartmut, Onkel väterlicherseits in Münster (*1945)

Hartwigs, zwei depperte Wiener in Ofenbach

Hao, chinesischer Bratscher, Geburtsjahr unbekannt

Heike, Georg, Komponist (1933)

Herberger, Rolf, Bratscher und Komponist in Baden-Baden (1908 – 2003)

Herwig, Cellist in Wien (*1963)

Hilke, Buzens Exe (*1964)

Hiske, Pfarrerstöchterlein auf Baltrum (*1997)

Igal, Bläser aus Israel, Geburtsjahr unbekannt

Kämmerling, Karlheinz, Klavierprofessor (1930 – 2012)

Kionczyk, Frau (Mutter meiner Freundin Edith in Grebenstein (1919 – 2006)

Kläuschen, lieber Onkel in Bonn (angeheiratet) (*1934)

Kirschneroth (Kirsche), Intendant der sog. „Gezeitenkonzerte“ in Ostfriesland. (Name aus datenschutztechnischen Gründen leicht geändert) (*1962)

Kremer, Gidon, weltberühmter Violinvirtuose (*1947)

Kogan, Leonid, weltberühmter sowjetischer Violinvirtuose (1924 – 1982)

Koji, Konzertmeister aus Japan (*1963)
Kokitz, Anna-Magdalena, junge Pianistin aus Wien (*1987)
Kopachinskaja, Patrizia, weltberühmte Violinistin (*1977)
Krämer, Kalle, Fotograf in Ostfriesland (Geburtsjahr unbekannt)
Leopold, Rudi, Cellist aus Wien (Geburtsjahr unbekannt)
Lerch, Beate, historische Violinschülerin Buzens (*um 1960))
Lindalein, (*1973) Tochter von der Tante Bea
Li-Shue-Ying, alte Freundin aus Taiwan (*um 1941)
Maisky, Mischa, weltberühmter Cellist (*1948)
Maus, Frank, Pianist (1937 - ?)
Midori, weltberühmte Geigerin (*1971)
Mika, liebe Freundin (*1966)
Mobbl, Oma mütterlicherseits (1910 – 1999)
Oettken, Frau, Nachbarin in Aurich (uralt)
Onkel Theo, Onkel von meiner Freundin Mika (steinalt)
Pauline, historische Schülerin Buzens (*1963)
Peter, Spezi Buzens, Pianist (*1947)
Radax, Grundschullehrer in Ofenbach (*um 1937)
Rainer, Onkel mütterlicherseits (*1934)
Reemt, Pfarrerssohn auf Baltrum (*1999)
Rie, Fagottspielerin (*1992)
Rodger, Stiefsohn von der Tante Bea (*um 1977?)
Rosanne, Kartenverkäuferin in Aurich (*1995)
Rudi, Cellist in Wien (Geburtsjahr unbekannt)
Schürrer, Christine, liebeskranke Frau, die wegen Mordes in Schweden lebenslänglich einsitzt (*1976)
Schüt, Fritz, (1917-2014) väterlicher Freund Buzens
Tante Didi, (*1934) Tante von meiner Freundin Mika
Vègh, Sandor, Violinlehrer Buzens (1912 – 1997)

Vogler, Jan, Cellist (*1964)
Weder, Ulrich, (1934 – 2012) einfühlsamer Dirgent
Weimer, Frau, Rektorengattin im Schwabenland (*1942)
Wembo, chinesischer Bratscher (*1980)
Wilko, Pfarrerssohn auf Baltrum (*1994)
Yossi, Bratscher (*1947)

Und weiter geht´s im nächsten Band…

Erscheint am 17. Februar 2020

Besuch uns doch mal hier! ☺

http://www.franziska-koenig.de
http://www.erikoenig.de/
www.musikalischersommer.com

https://www.facebook.com/pg/Musika
lischerSommer/photos/?ref=page_inter nal

https://www.twentysix.de/shop/catalogsearch/resul
t/?q=Franziska+K%C3%B6nig

https://www.facebook.com/Franziska-
K%C3%B6nig-Autorin-2737467786270436/